Début d'une série de documents
en couleur

Un franc le volume

NOUVELLE COLLECTION MICHEL LÉVY

1 FR. 25 C. PAR LA POSTE

GEORGE SAND

— ŒUVRES COMPLÈTES —

L.-A. AURORE DUPIN

VEUVE DE M. LE BARON DUDEVANT

FRANCIA

NOUVELLE ÉDITION

CALMANN LÉVY, ÉDITEUR

ANCIENNE MAISON MICHEL LÉVY FRÈRES

RUE AUBER, 3, ET BOULEVARD DES ITALIENS, 15

A LA LIBRAIRIE NOUVELLE

Fin d'une série de documents
en couleur

ŒUVRES

DE

GEORGE SAND

—

FRANCIA

CALMANN LÉVY, ÉDITEUR

ŒUVRES COMPLÈTES

DE

GEORGE SAND

FORMAT GRAND IN-18

Coulommiers. — Imp. Paul BRODARD. — 352-99.

FRANCIA

— UN BIENFAIT N'EST JAMAIS PERDU —

PAR

GEORGE SAND
‹L.-A. AURORE DUPIN›
VEUVE DE M. LE BARON DUDEVANT

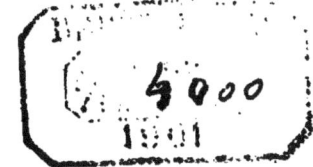

PARIS
CALMANN LÉVY, ÉDITEUR
3, RUE AUBER, 3

—

1899

FRANCIA

I

Le jeudi 31 mars 1814, la population de Paris s'entassait sur le passage d'un étrange cortége. Le tsar Alexandre, ayant à sa droite le roi de Prusse et à sa gauche le prince de Schwarzenberg, représentant de l'empereur d'Autriche, s'avançait lentement à cheval, suivi d'un brillant état-major et d'une escorte de cinquante mille hommes d'é- lite, à travers le faubourg Saint-Martin. Le tsar était calme en apparence. Il jouait un grand rôle, celui de vainqueur magnanime, et il le jouait bien. Son escorte était grave, ses soldats majestueux. La foule était muette.

C'est qu'au lendemain d'un héroïque combat des

dernières légions de l'empire, on avait abandonné et livré la partie généreuse de la population à l'humiliante clémence du vainqueur. C'est que, comme toujours, en refusant au peuple le droit et les moyens de se défendre lui-même, en se méfiant de lui, en lui refusant des armes, on s'était perdu. Son silence fut donc sa seule protestation, sa tristesse fut sa seule gloire. Au moins celle-là reste pure dans le souvenir de ceux qui ont vu ces choses.

Sur le flanc du merveilleux état-major impérial un jeune officier russe d'une beauté remarquable contenait avec peine la fougue de son cheval. L'homme était de haute taille, mince, et d'autant plus serré dans sa ceinture d'ordonnance, dont les épais glands d'or retombaient sur sa cuisse, comme celle des mystérieux personnages qu'on voit défiler sur les bas-relief perses de la décadence; peut-être même un antiquaire eût-il pu retrouver dans les traits et dans les ornements du jeune officier un dernier reflet du type et du goût de l'Orient barbare.

Il appartenait aux races méridionales que la conquête ou les alliances ont insensiblement fondues
dans l'empire russe. Il avait la beauté du profil,
l'imposante largeur des yeux, l'épaisseur des lèvres, la force un peu exagérée des muscles, tem-
pérée par l'élégance des formes modernes. La civilisation avait allégé la puissance du colosse. Ce
qui en restait conservait quelque chose d'étrange
et de saisissant qui attirait et fixait les regards,
même après la surprise et l'attention accaparées
d'abord par le tsar en personne.

Le cheval monté par ce jeune homme s'impa-
tientait de la lenteur du défilé ; on eût dit que, ne
comprenant rien à l'étiquette observée, il voulait
s'élancer en vainqueur dans la cité domptée et
fouler les vaincus sous son galop sauvage. Aussi
son cavalier, craignant de lui voir rompre son
rang et d'attirer sur lui un regard mécontent
de ses supérieurs, le contenait-il avec un soin qui
l'absorbait et ne lui permettait guère de se rendre
compte de l'accueil morne, douloureux, parfois
menaçant de la population.

Le tsar, qui observait tout avec finesse et prudence, ne s'y méprenait pas et ne réussissait pas
à cacher entièrement ses appréhensions. La foule
devenait si compacte que si elle se fût resserrée
sur les vainqueurs (l'un d'eux l'a raconté textuel-
lement), ils eussent été étouffés sans pouvoir faire
usage de leurs armes. Cette foulée, volontaire ou
non, n'eût pas fait le compte du principal triom-
phateur. Il voulait entrer dans Paris comme l'ange
sauveur des nations, c'est-à-dire comme le chef
de la coalition européenne. Il avait tout préparé
naïvement pour cette grande et cruelle comédie.
La moindre émotion un peu vive du public pouvait faire manquer son plan de mise en scène.

· Cette émotion faillit se produire par la faute du
jeune cavalier que nous avons sommairement dé-
crit. Dans un moment où sa monture semblait
s'apaiser, une jeune fille, poussée par l'affluence
ou entraînée par la curiosité, se trouva dépasser
la ligne des gardes nationaux qui maintenaient
l'ordre, c'est-à-dire le silence et la tristesse des
spectateurs. Peut-être qu'un léger frôlement de

son châle bleu ou de sa robe blanche effraya le cheval ombrageux; il se cabra furieusement, un de ses genoux fièrement enlevés atteignit l'épaule de la Parisienne, qui chancela, et fut retenue par un groupe de faubouriens serrés derrière elle. Était-elle blessée, ou seulement meurtrie? La consigne ne permettait pas au jeune Russe de s'arrêter une demi-seconde pour s'en assurer : il escortait le tout-puissant tsar, il ne devait pas se retourner, il ne devait pas même voir. Pourtant il se retourna, il regarda, et il suivit des yeux aussi longtemps qu'il le put le groupe ému qu'il laissait derrière lui. La grisette, car ce n'était qu'une grisette, avait été enlevée par plusieurs paires de bras vigoureux; en un clin d'œil, elle avait été transportée dans un estaminet qui se trouvait là. La foule s'était instantanément resserrée sur le vide fait dans sa masse par l'incident rapide. Un instant, quelques exclamations de haine et de colère s'étaient élevées, et, pour peu qu'on y eût répondu dans les rangs étrangers, l'indignation se fût peut-être allumée comme une traînée de pou-

dre. Le tsar, qui voyait et entendait tout sans
perdre son vague et implacable sourire, n'eut pas
besoin d'un geste pour contenir ses cohortes; on
savait ses intentions. Aucune des personnes de sa
suite ne parut s'apercevoir des regards de menace
qui embrasaient certaines physionomies. Quelques
imprécations inarticulées, quelques poings éner-
giquement dressés se perdirent dans l'éloigne-
ment. L'officier, cause involontaire de ce scandale,
se flatta que ni le tsar, ni aucun de ses généraux
n'en avaient pris note; mais le gouvernement russe
a des yeux dans le dos. La note était prise : le tsar
devait connaître le crime du jeune étourdi qui
avait eu la coquetterie de choisir pour ce jour de
triomphe la plus belle et la moins disciplinée de ses
montures de service. En outre il serait informé
de l'expression de regret et de chagrin que le jeune
homme n'avait pas eu *l'expérience* de dissimuler.
Ceux qui firent ce rapport crurent aggraver la faute
en donnant ce dernier renseignement. Ils se trom-
paient. Le choix du cheval indompté fut regardé
comme punissable, le regret manifesté rentrait

dans la comédie de sentiment dont les Parisiens devaient être touchés. L'inconvenance d'une émotion quelconque dans les rangs de l'escorte impériale ne fut donc pas prise en mauvaise part.

Quand le défilé ennemi déboucha sur le boulevard, la scène changea comme par magie.

A mesure qu'on avançait vers les quartiers riches, l'entente se faisait, l'étranger respirait ; puis tout à coup la fusion se fit, non sans honte mais sans scrupule. L'élément royaliste jetait le masque et se précipitait dans les bras du vainqueur. L'émotion avait gagné la masse ; on n'y songeait pas aux Bourbons, on n'y croyait pas encore, on ne les connaissait pas ; mais on aimait Alexandre, et les femmes sans cœur qui se jetaient sous ses pieds en lui demandant un roi ne furent ni repoussées, ni insultées par la garde nationale qui regardait tristement, croyant qu'on remerciait simplement l'étranger de n'avoir pas saccagé Paris. Ils trouvaient cette reconnaissance puérile et outrée ; ils ne voyaient pas encore que cette joie folle applaudissait à l'abaissement de la France.

Le jeune officier russe qui avait failli compromettre toute la représentation de cette triste
comédie, où tant d'acteurs jouaient un rôle de
comparses sans savoir le mot de la pièce; essayait
en vain de comprendre ce qu'il voyait à Paris, lui
qui avait vu brûler Moscou et qui avait compris !
C'était un esprit aussi réfléchi que pouvaient le
permettre l'éducation toute militaire qu'il avait
reçue et l'époque agitée, vraiment terrible, où sa
jeunesse se développait. Il suppléait aux facultés
de raisonnement philosophique qui lui manquaient,
par la subtile pénétration de sa race et la défiance
cauteleuse de son milieu. Il avait vu et il voyait à
deux années de distance les deux extrêmes du
sentiment patriotique : le riche et industrieux
Moscou brûlé par haine de l'étranger, dévouement
sauvage et sublime qui l'avait frappé d'horreur et
d'admiration, — le brillant et splendide Paris sa-
crifiant l'honneur à l'humanité, et regardant comme
un devoir de sauver à tout prix la civilisation dont
il est l'inépuisable source. Ce Russe était à beaucoup d'égards sauvage lui-même, et il se crut

en droit de mépriser profondément Paris et la France.

Il ne se disait pas que Moscou ne s'était pas détruit de ses propres mains et que les peuples esclaves n'ont pas à être consultés ; ils sont héroïques bon gré mal gré, et n'ont point à se vanter de leurs involontaires sacrifices. Il ne savait point que Paris n'avait pas été consulté pour se rendre, plus que Moscou pour être brûlé, que la France n'était que très-relativement un peuple libre, qu'on spéculait en haut lieu de ses destinées, et que la majorité des Parisiens eût été dès lors aussi héroïque qu'elle l'est de nos jours [1].

Pas plus que l'habitant de la France, l'étranger venu des rives du Tanaïs ne pénétrait dans le secret de l'histoire. Au moment de la brutalité de son cheval, il avait compris le Parisien du faubourg, il avait lu sur son front soucieux, dans ses yeux courroucés. Il s'était dit :

Ce peuple a été trahi, vendu peut-être !

1. Janvier 1871.

En présence des honteuses sympathies de la noblesse, il ne comprenait plus. Il se disait :

— Cette population est lâche. Au lieu de la caresser, notre tsar devrait la fouler aux pieds et lui cracher au visage.

Alors les sentiments humains et généreux se trouvant étouffés et comme avilis dans son cœur par le spectacle d'une lâcheté inouïe, il se trouva lui-même en proie à l'enivrement des instincts sauvages. Il se dit que cette ville était riante et folle, que cette population était facile et corrompue, que ces femmes qui venaient s'offrir et s'attacher elles-mêmes au char du vainqueur étaient de beaux trophées. Dès lors, tout au désir farouche, à la soif des jouissances, il traversa Paris, l'œil enflammé, la narine frémissante et le cœur hautain.

Le tsar, refusant avec une modestie habile d'entrer aux Tuileries, alla aux Champs-Élysées passer la revue de sa magnifique armée d'élite, donnant jusqu'au bout le spectacle à ces Parisiens avides de spectacles ; après quoi, il se disposait à occuper l'hôtel de l'Élysée.

En ce moment, il eut à régler deux détails d'importance fort inégale. Le premier fut à propos d'un avis qu'on lui avait transmis pendant la revue : suivant ce faux avis, il n'y avait point de sécurité pour lui à l'Éysée, le palais était miné. On avait sur-le-champ dépêché vers M. de Talleyrand, qui avait offert son propre palais. Le tsar accepta, ravi de se trouver là au centre de ceux qui allaient lui livrer la France ; puis il jeta les yeux sur l'autre avis concernant le jeune prince Mourzakine, qui s'était si mal comporté en traversant le faubourg Saint-Martin.

— Qu'il aille loger où bon lui semblera, répondit le souverain, et qu'il y garde les arrêts pendant trois jours.

Puis, remontant à cheval avec son état-major, il retourna à la place de la Concorde, d'où il se rendit à pied chez M. de Talleyrand. Ses soldats avaient reçu l'ordre de camper sur les places publiques. L'habitant, traité avec tant de courtoisie, admirait avec stupeur ces belles troupes si bien disciplinées, qui ne prenaient possession que du pave de la ville et qui installaient là leurs cantines sans rien exiger en apparence. Le *badaud* de Paris admira, se réjouit, et s'imagina que l'invasion ne lui coûterait rien.

Quant au jeune officier attaché à l'état-major, exclu de l'hôtel où allait résider son empereur, il se crut radicalement disgracié, et il en cherchait la cause lorsque son oncle, le comte Ogokskoï, aide-de-camp du tsar, lui dit à voix basse en passant :

— Tu as des ennemis auprès du *père*, mais ne crains rien. Il te connaît et il t'aime. C'est pour te préserver d'eux qu'il t'éloigne. Ne reparais pas de quelques jours, mais fais-moi savoir où tu demeures.

— Je n'en sais rien encore, répondit le jeune homme avec une résignation fataliste, Dieu y pourvoira !

Il avait à peine prononcé ces mots qu'un jockey de bonne mine se présenta et lui remit le message suivant :

« La marquise de Thièvre se rappelle avec plaisir qu'elle est, par alliance, parente du prince

Mourzakine ; elle me charge de l'inviter à venir prendre son gîte à l'hôtel de Thièvre, et je joins mes instances aux siennes. »

Le billet était signé *Marquis de Thièvre.*

Mourzakine communiqua ce billet à son oncle qui le lui rendit en souriant et lui promit d'aller le voir aussitôt qu'il aurait un moment de liberté. Mourzakine fit signe à son heïduque cosaque et suivit le jockey, qui était bien monté et qui les conduisit en peu d'instans à l'hôtel de Thièvre, au faubourg Saint-Germain.

Un bel hôtel, style Louis XIV, situé entre cour et jardin, jardin mystérieux étouffé sous de grands arbres, rez-de-chaussée élevé sur un perron seigneurial, larges entrées, tapis moelleux, salle à manger déjà richement servie, un salon très-confortable et de grande tournure, voilà ce que vit confusément Diomède Mourzakine, car il s'appelait modestement de son petit nom *Diomède, fils de Diomède, Diomid Diomiditch.* Le marquis de Thièvre vint à sa rencontre les bras ouverts. C'était un vilain petit homme de cinquante ans, maigre, vif,

l'œil très-noir, le teint très-blême, avec une per-
ruque noire aussi, mais d'un noir invraisemblable,
un habit noir raide et serré, la culotte et les bas
noirs, un jabot très-blanc, rien qui ne fût crûment
noir ou blanc dans sa mince personne : c'était une
pie pour le plumage, le babil et la vivacité.

Il parla beaucoup, et de la manière la plus
courtoise, la plus empressée. Mourzakine savait le
français aussi bien possible, c'est-à-dire qu'il le
parlait avec plus de facilité que le russe propre-
ment dit, car il était né dans la Petite-Russie
et avait dû faire de grands efforts pour corriger son
accent méridional ; mais ni en russe, ni en français,
il n'était capable de bien comprendre une élocu-
tion aussi abondante et aussi précipitée que celle
de son nouvel hôte, et, ne saisissant que quelques
mots dans chaque phrase, il lui répondit un peu au
hasard. Il comprit seulement que le marquis
se démenait pour établir leur parenté. Il lui citait,
en les estropiant d'une manière indigne, les noms
des personnes de sa famille qui avaient établi au
temps de l'émigration française des relations, et

par suite une alliance avec une demoiselle appa-
rentée à la famille de madame de Thièvre. Mourzakine n'avait aucune notion de cette alliance et allait
avouer ingénument qu'il la croyait au moins fort
éloignée, quand la marquise entra. Elle lui fit un
accueil moins loquace, mais non moins affectueux
que son mari. La marquise était belle et jeune : ce
détail effaça promptement les scrupules du prince
russe. Il feignit d'être parfaitement au courant et
ne se gêna point pour accepter le titre de cousin
que lui donnait la marquise en exigeant qu'il l'ap-
pelât « ma cousine, » ce qu'il ne put faire sans
blaiser un peu. Les rapports ainsi établis en quelques minutes, le marquis le conduisit à un très-bel
appartement qui lui était destiné et où il trouva
son cosaque occupé à ouvrir sa valise, en attendant
l'arrivée de ses malles qu'on était allé chercher.
Le marquis mit en outre à sa disposition un vieux
valet de chambre de confiance qui, ayant voyagé,
avait retenu quelques mots d'allemand et s'imaginait pouvoir s'entendre avec le cosaque, illusion
naïve à laquelle il lui fallut promptement renoncer;

mais, croyant avoir affaire à quelque prince ré-
gnant dans la personne de Mourzakine, le vieux
serviteur resta debout derrière lui, suivant des
yeux tous ses mouvements et cherchant à deviner en quoi il pourrait lui être utile ou
agréable.

A vrai dire, le Diomède barbare aurait eu grand
besoin de son secours pour comprendre l'usage et
l'importance des objets de luxe et de toilette mis
à sa disposition. Il déboucha plusieurs flacons, re-
culant avec méfiance devant les parfums les plus
suaves, et cherchant celui qui devait, selon lui,
représenter le suprême bon ton, la vulgaire eau de
Cologne. Il redouta les pâtes et les pommades
d'une exquise fraîcheur qui lui firent l'effet d'être
éventées, parce qu'il était habitué aux produits
rancis de son bagage ambulant. Enfin, s'étant
accommodé du mieux qu'il put pour faire disparaî-
tre la poussière de sa chevelure et de son brillant
uniforme, il retournait au salon, lorsque, se voyant
toujours suivi du domestique français, il se rappela
qu'il avait un service à lui demander. Il commença

par lui demander son nom, à quoi le serviteur répondit simplement :

— Martin.

— Eh bien, Martin, faites-moi le plaisir d'envoyer une personne faubourg Saint-Martin, numéro,.. je ne sais plus ; c'est un petit café où l'on fume ;... il y a des queues de billard peintes sur la devanture, c'est le plus proche du boulevard en arrivant par le faubourg.

— On trouvera ça, répondit gravement Martin.

— Oui, il faut retrouver ça, reprit le prince, et il faut s'informer d'une personne dont je ne sais pas le nom : une jeune fille de seize ou dix-sept ans, habillée de blanc et de bleu, assez jolie.

Martin ne put réprimer un sourire que Mourzakine comprit très-vite.

— Ce n'est pas une... *fantaisie*, continua-t-il. Mon cheval en passant a fait tomber cette personne ; on l'a emportée dans le café : je veux savoir si elle est blessée , et lui faire *tenir* mes excuses ou mon secours, si elle en a besoin.

C'était parler en prince. Martin redevenu sérieux

s'inclina profondément et se disposa à obéir sans
retard.

M. de Thièvre, après avoir été un des satisfaits
de l'empire par la restitution de ses biens après
l'émigration de sa famille, était un des mécontents
de la fin. Avide d'honneurs et d'influence, il avait
sollicité une place importante qu'il n'avait pas ob-
tenue, parce qu'en se précipitant, les événements
désastreux n'avaient pas permis de contenter tout
le monde. Initié aux efforts des royalistes pour
amener par surprise une restauration royale, il
s'était jeté avec ardeur dans l'entreprise et il était
de ceux qui avaient fait aux alliés l'accueil que
l'on sait. Il devait à sa femme l'heureuse idée
d'offrir sa maison au premier Russe tant soit peu
important dont il pourrait s'emparer. La marquise,
à pied, aux Champs-Élysées, avait été admirer la
revue. Elle avait été frappée de la belle taille et de
la belle figure de Mourzakine. Elle avait réussi à
savoir son nom, et ce nom ne lui était pas inconnu ;
elle avait réellement une parente mariée en Russie,
qui lui avait écrit quelquefois, qui s'appelait Mour-

zakine, et qui était ou pouvait être parente du
jeune prince. Du moment qu'il était prince, il n'y
avait aucun inconvénient à réclamer la parenté, et
du moment qu'il était un des plus beaux hommes
de l'armée, il n'y avait rien de désagréable à l'avoir
pour hôte.

La marquise avait vingt-deux ans; elle était blanche et blonde, un peu grasse pour le costume
étriqué que l'on portait alors, mais assez grande
pour conserver une réelle élégance de formes et
d'allures. Elle ne pouvait souffrir son petit mari,
ce qui ne l'empêchait pas de s'entendre avec lui
parfaitement pour tirer de toute situation donnée
le meilleur parti possible. Légère pourtant et très-
dissipée, elle portait dans son ambition et dans
ses convoitises d'argent une frivolité absolue. Il
ne s'agissait pas pour elle d'intriguer habilement
pour assurer une fortune aux enfants qu'elle
n'avait pas ou à la vieillesse qu'elle ne voulait
pas prévoir. Il s'agissait de plaire pour passer
agréablement la vie, de mener grand train et de
pouvoir faire des dettes sans trop d'inquiétude

enfin de prendre rang à une cour quelconque,
pourvu qu'on y pût étaler un grand luxe et y
placer sa beauté sur un piédestal élevé au-dessus
de la foule.

Elle n'était pas de noble race, elle avait ap-
porté sa brillante jeunesse avec une grosse fortune à un époux peu séduisant, uniquement pour
être marquise, et il n'eût pas fallu lui demander
pourquoi elle tenait tant à un titre, elle n'en savait
rien. Elle avait assez d'esprit pour le babil; son
intelligence pour le raisonnement était nulle.
Toujours en l'air, toujours occupée de caquets et
de toilettes, elle n'avait qu'une idée : surpasser les
autres femmes, être au moins une des plus re-
marquées.

Avec ce goût pour le bruit et le clinquant,
il eût été bien difficile qu'elle ne fût pas fortement
engouée du militaire en général. Un temps n'était
pas bien loin où elle avait été fière de valser avec
les beaux officiers de l'empire; elle avait eu du
regret lorsque son mari lui avait prescrit de bouder l'empire. Elle était donc ivre de joie en voyant

surgir une armée nouvelle avec des plumets, des
:'tres, des galons et des noms nouveaux; toute
cette ivresse était à la surface, le cœur et les sens
n'y jouaient qu'un rôle secondaire. La marquise
était sage, c'est-à-dire qu'elle n'avait jamais eu
d'amant; elle était comme habituée à se sentir
éprise de tous les hommes capables de plaire,
mais sans en aimer assez un seul pour s'engager
à n'aimer que lui. Elle eût pu être une femme galante, car ses sens parlaient quelquefois malgré
elle; mais elle n'eût pas eu le courage de ses passions, et un grand fonds d'égoïsme l'avait préservée de tout ce qui peut engager et compromettre.

Elle reçut donc Mourzakine avec autant de satisfaction que d'imprévoyance.

— Je l'aimerai, je l'aime, se disait-elle dès le
premier jour; mais c'est un oiseau de passage, et
il ne faudra pas l'aimer trop.

Ne pas aimer trop lui avait toujours été plus ou
moins facile; elle ne s'était jamais trouvée aux
prises avec une volonté bien persistante en fait
d'amour. Le Français de ce temps-là n'avait point

passé par le romantisme; il se ressentait plus
qu'on ne pense des mœurs légères du Directoire,
lesquelles n'étaient elles-mêmes qu'un retour aux
mœurs de la régence. La vie d'aventures et
de conquêtes avait ajouté à cette disposition au
sensualisme quelque chose de brutal et de pressé
qui ne rendait pas l'homme bien dangereux pour
la femme prudente. Dans les temps de grandes
préoccupations guerrières et sociales, il n'y a pas
beaucoup de place pour les passions profondes,
non plus que pour les tendresses prolongées.

Rien ne ressemblait moins à un Français qu'un
Russe de cette époque. C'est à cause de leur facilité à parler notre langue, à se plier à nos usages,
qu'on les appela chez nous les Français du Nord ;
mais jamais l'identification ne fut plus lointaine et
plus impossible. Ils ne pouvaient prendre de nous
que ce qui nous faisait le moins d'honneur alors,
l'amabilité.

Mourzakine n'était pourtant pas un vrai Russe.
Géorgien d'origine, peut-être Kurde ou Persan
en remontant plus haut, Moscovite d'éducation, il

n'avait jamais vu Pétersbourg et ne se trouvait
que par les hasards de la guerre et la protection
de son oncle Ogokskoï placé sous les yeux du tsar.
Sans la guerre, privé de fortune comme il l'était,
il eût végété dans d'obscurs et pénibles emplois
militaires aux frontières asiatiques, à moins que,
comme il en avait été tenté quelquefois dans son
adolescence, il n'eût franchi cette frontière pour
se jeter dans la vie d'héroïques aventures de ses
aïeux indépendants; mais il s'était distingué à la
bataille de la Moskowa, et plus tard il s'était battu
comme un lion sous les yeux du maître. Dès lors
il lui appartenait corps et âme. Il était bien et dûment baptisé Russe par le sang français qu'il avait
versé; il était rivé à jamais, lui et sa postérité, au
joug de ce qu'on appelle en Russie la civilisation,
c'est-à-dire le culte aveugle de la puissance absolue. Il faut monter plus haut que ne le pouvait
faire Mourzakine pour disposer de cette puissance
par le 1er ou le poison.

Sa volonté à lui, ne pouvait s'exercer que sur
sa propre destinée; mais qu'elles sont tenaces et

patientes, ces énergies qui consistent à écraser les plus faibles pour se rattacher aux plus forts ! C'est toute la science de la vie chez les Russes ; science incompatible avec notre caractère et nos habitudes. Nous savons bien aussi plier déplorablement sous les maîtres ; mais nous nous lassons d'eux avec une merveilleuse facilité, et, quand la mesure est comble, nous sacrifions nos intérêts personnels au besoin de reprendre possession de nous-mêmes [1].

Beau comme il l'était, Diomède Mourzakine avait eu partout de faciles succès auprès des femmes de toute classe et de tous pays. Trop prudent pour produire sa fatuité au grand jour, il la nourrissait en lui secrète, énorme. Dès le premier coup d'œil, il couva sensuellement des yeux la belle marquise comme une proie qui lui était dévolue. Il comprit en une heure qu'elle n'aimait pas son mari, qu'elle n'était pas dévote, la dévotion de commande

---

[1]. Ivan Tourguenef, qui connaît bien la France, a créé en maître le personnage du Russe intelligent, qui ne peut rien être en Russie parce qu'il a la nature du Français. Relisez les dernières pages de l'admirable roman : *Dimitri Roudine*.

n'était pas encore à l'ordre du jour; qu'elle était très-vivante, nullement prude, et qu'il lui plaisait irrésistiblement. Il ne fit donc pas grands frais le premier jour, s'imaginant qu'il lui suffisait de se montrer pour être heureux à bref délai.

Il ne savait pas du tout ce que c'est qu'une Française coquette et ce qu'il y a de résistance dans son abandon apparent. Horriblement fatigué, il fit des vœux sincères pour n'être pas troublé la première nuit, et ce fut avec surprise qu'il s'éveilla le lendemain sans qu'aucun mouvement furtif eût troublé le silence de son appartement. La première personne qui vint à son coup de sonnette fut le ponctuel Martin, qui, ne sachant quel titre lui donner, le traita d'excellence à tout hasard.

— J'ai fait moi-même la commission, lui dit-il, j'ai pris un fiacre, je me suis rendu au faubourg Saint-Martin, j'ai trouvé l'estaminet.

— *L'esta...* Comment dites-vous ?

— Ces cafés de petites gens s'appellent des estaminets. On y fume et on joue au billard.

— C'est bien, merci. Après ?

2

— Je me suis informé de l'accident. Il n'y avait rien de grave. La petite personne n'a pas eu de mal; on lui a fait boire un peu de liqueur et elle a pu remonter chez elle, car elle demeure précisément dans la maison.

— Vous eussiez dû monter la voir. Cela m'eût fait plaisir.

— Je n'y ai pas manqué, Excellence. Je suis monté... Ah! bien haut, un affreux escalier. J'ai trouvé la... demoiselle, une petite grisette, occupée à repasser ses nippes. Je l'ai informée des bontés que le prince Mourzakine daigne avoir pour elle.

— Et qu'a-t-elle répondu ?

— Une chose très-plaisante : Dites à ce prince que je le remercie, que je n'ai besoin de rien, mais que je voudrais le voir.

— J'irais volontiers, si je n'étais retenu...

Mourzakine allait dire aux arrêts; mais il ne jugea pas utile d'initier Martin à cette circonstance, et d'ailleurs Martin ne lui en donna pas le temps.

— Votre Excellence, s'écria-t-il, ne peut pas

aller dans ce taudis, et il ne serait peut-être pas prudent encore de parcourir ces bas quartiers. D'ailleurs Votre Excellence n'a pas à répondre à une aussi sotte demande. Moi je n'ai pas répondu.

— Il faudrait pourtant répondre, dit Mourzakine, comme frappé d'une idée subite : n'a-t-elle pas dit qu'elle me connaissait?

— Elle a précisément dit qu'elle connaissait Votre Excellence. J'ai pris cela pour une billevesée.

Un autre domestique vint dire au prince que la marquise l'attendait au salon, il s'y rendit fort préoccupé.

— C'est singulier, se dit-il en traversant les vastes appartements, lorsque cette jeune fille s'est approchée imprudemment de mon cheval, sa figure m'a frappé, comme si c'était une personne de connaissance qui allait m'appeler par mon nom! Et puis, l'accident arrivé, je n'ai plus songé qu'à l'accident; mais à présent je revois sa figure, je la revois ailleurs, je la cherche, elle me cause même une certaine émotion...

Quand il entra au salon, il n'avait pas trouvé, et il oublia tout en présence de la belle marquise.

— Venez, cousin! lui dit-elle, dites-moi d'abord comment vous avez passé la nuit?

— Beaucoup trop bien, répondit ingénument le prince barbare, en baisant beaucoup trop tendrement la main blanche et potelée qu'on lui présentait.

— Comment peut-on dormir trop bien? lui dit-elle en fixant sur lui ses yeux bleus étonnés.

Il ne crut pas à son étonnement, et répondit quelque chose de tendre et de grossier qui la fit rougir jusqu'aux oreilles; mais elle ne se déconcerta pas et lui dit avec assurance :

— Mon cousin, vous parlez très-bien notre langue, mais vous ne saisissez peut-être pas très-bien les nuances. Cela viendra vite, vous êtes si intelligents, vous autres étrangers! Il faudra, pendant quelques jours, parler avec circonspection : je vous dis cela en amie, en bonne parente. Moi, je ne me fâche de rien; mais une autre à ma place vous eût pris pour un impertinent.

Le fils de Diomède mordit sa lèvre vermeille et s'aperçut de sa sottise. Il fallait y mettre plus de temps et prendre plus de peine. Il s'en tira par un regard suppliant et un soupir étouffé. Ce n'était pas grand'chose, mais sa physionomie exprimait si bien l'espoir déçu et le désir persistant, que madame de Thièvre en fut troublée et n'eut pas le courage d'insister sur la leçon qu'elle venait de lui donner.

Elle lui parla politique. Le marquis avait été la veille aux informations, de dix heures du soir à minuit. Il avait pu pénétrer à l'hôtel Talleyrand ; elle n'ajouta pas qu'il s'était tenu dans les anti-chambres avec nombre de royalistes de second ordre, pour saisir les nouvelles au passage, mais elle croyait savoir que le tsar n'était pas opposé à l'idée d'une restauration de l'ancienne dynastie.

La chose était parfaitement indifférente à Mour-zakine. Il avait d'ailleurs ouï dire à son oncle que le tsar faisait fort peu de cas des Bourbons et il ne pensait pas du tout qu'il en vînt à les soutenir; mais, pour ne pas choquer les opinions de son hô-

2.

tesse, il prit le parti de la questionner sur ces
Bourbons dont elle-même ne savait presque rien,
tant la conception de leur rétablissement était
nouvelle. La conversation languissait, lorsqu'il
s'imagina de lui parler de modes françaises,
de lui faire compliment sur sa toilette du matin,
de la questionner sur le costume des différentes
classes de la société de Paris.

Elle était experte en ces matières, et consentit
à l'éclairer.

— A Paris, lui dit-elle, il n'y a pas de costume
propre à une classe plutôt qu'à une autre : toute
femme qui a le moyen de payer un chapeau porte
un chapeau dans la rue, tout homme qui peut se
procurer des bottes et un habit a le droit de les
porter. Vous ne reconnaîtrez pas toujours au premier coup d'œil un domestique de son maître ;
quelquefois le valet de chambre qui vous annon-
cera dans une maison sera mieux mis que le maître
de la maison : c'est à la physionomie, c'est au regard surtout qu'il faut s'attacher pour bien spéci-
fier l'état ou le rang des personnes. Un parvenu

n'aura jamais l'aisance et la dignité d'un vrai grand seigneur, fût-il chamarré de broderies et de décorations ; une grisette aura beau s'endimancher, elle ne sera jamais prise par une bourgeoise pour sa pareille, et il en sera de même pour nous, femmes du grand monde, d'une bourgeoise couverte de diamants et habillée plus richement que nous.

— Fort bien, dit Mourzakine, je vois qu'il faut du *tact*, une grande science du tact ! Mais vous avez parlé de grisettes, et je connais ce mot-là. J'ai lu des romans français où il en était question. Qu'est-ce que c'est au juste qu'une grisette de Paris ? J'ai cru longtemps que c'était une classe de jeunes filles habillées en gris.

— Je ne sais pas l'étymologie de ce nom, répondit madame de Thièvre ; leur costume est de toutes les couleurs ; peut-être le mot vient-il du genre d'émotions qu'elles procurent.

— Ah ah ! j'entends ! grisette ! l'ivresse d'un moment ! elles ne font point de passions ?

— Ou bien encore... ; mais je ne sais pas ! les

honnêtes femmes ne peuvent pas renseigner sur cette sorte de créatures.

— Pourtant, la définition du costume entraîne-rait celle de la situation : appelle-t-on grisettes toutes les jeunes ouvrières de Paris ?

— Je ne crois pas ! l'épithète ne s'applique qu'à celles qui ont des mœurs légères. Ah çà ! pourquoi me faites-vous cette question-là avec tant d'insis-tance? On dirait que vous êtes curieux des sottes aventures que Paris offre à bon marché aux nou-veaux-venus ?

Il y avait du dépit et même une jalousie bruta-lement ingénue dans l'accent de madame de Thiè-vre. Mourzakine en prit note et se hâta de la ras-surer en lui racontant succinctement son aventure de la veille et en lui avouant qu'il était aux arrêts pour ce fait à l'hôtel de Thièvre

— C'est, ajouta-t-il, parce que votre valet de chambre, en désignant la cause de ma disgrâce, s'est servi du mot *grisette*, que je tenais à savoir ce que ce pouvait être.

— Ce n'est pas grand'chose, reprit la marquise.

Il faut lui envoyer un louis d'or, et tout sera dit?

—Il paraît qu'elle ne veut rien, dit Mourzakine, qui crut inutile d'ajouter que la grisette demandait à le voir.

—Alors, c'est qu'elle est richement entretenue, répliqua la marquise.

— Richement, non ! pensa Mourzakine, puis - qu'elle demeure dans un taudis et repasse ses nippes elle-même. Où donc ai-je déjà vu cette jolie petite *figure chiffonnée?*

Mourzakine pensait plus volontiers en français qu'en russe, surtout depuis qu'il était en France ; c'est ce qui fait qu'il pensait souvent de travers, faute de bien approprier les mots aux idées. Figure chiffonnée était un mot du temps, qui s'appliquait alors à une petite laideur agréable ou agaçante. La grisette en question n'avait pas du tout cette figure-là. Pâle et menue, sans éclat et sans ampleur, elle avait une harmonie et une délicatesse de lignes qui ne pouvaient pas constituer la grande beauté classique ; c'était le joli exquis et complet. La taille était à l'avenant du visage, et en y réfléchissant Mourkazine se reprit intérieurement :

— Non pas chiffonnée, se dit-il, jolie, très-jolie! Pauvre, et ne voulant rien !

— A quoi songez-vous? lui demanda la marquise.

— Il m'est impossible de vous le dire, répliqua effrontément le jeune prince.

— Ah ! vous pensez à cette grisette ?

— Vous ne le croyez pas ! mais vous m'avez si bien *rembarré* tout à l'heure ! vous n'avez plus le droit de m'interroger.

Il accompagna cette réponse d'un regard si langoureusement pénétrant, que la marquise rougit de nouveau et se dit en elle-même :

— Il est entêté, il faudra prendre garde !

Le marquis vint les interrompre.

— Flore, dit-il à sa femme, vous saurez une bonne nouvelle. Il a été décidé hier soir à la rue Saint-Florentin (manière de désigner l'hôtel Talleyrand où résidait le tsar) qu'on ne traiterait de la paix ni avec *Buonaparte*, ni avec aucun membre de sa famille. C'est M. Dessoles qui vient de me

l'apprendre. Ordonnez qu'on nous fasse vite dé-
jeûner ; nous nous réunissons à midi pour rédiger
et porter une adresse à l'empereur de Russie. Il
faut bien formuler ce que l'on désire, et l'appel
au retour des Bourbons n'a encore eu lieu qu'en
petit comité. Prince Mourzakine, vous devez avoir
une grande influence à la cour du *gzar*, vous par-
lerez pour nous, pour notre roi légitime !

— Soyez tranquille, notre cousin est avec nous,
répondit madame de Thièvre en passant son bras
sous celui de Mourzakine. Allons déjeuner.

— Inutile, dit-elle tout bas au prince en se ren-
dant à la salle à manger, de dire au marquis que
vous êtes pour le moment en froid avec votre empereur. Il s'en tourmenterait...

—Vous vous appelez Flore ! dit Mourzakine d'un
air enivré en pressant contre sa poitrine le bras de
la marquise.

— Eh bien ! oui, je m'appelle Flore ! ce n'est
pas ma faute.

— Ne vous en défendez pas, c'est un nom délicieux. et qui vous va si bien !

Il s'assit auprès d'elle en se disant :

— Flore ! c'était le nom de la petite chienne de ma grand'mère. C'est singulier qu'en France ce nom soit un nom distingué ! Peut-être que le marquis s'appelle *Fidèle*, comme le chien de mon grand-oncle !

Le temps n'était pas encore venu où toutes les jeunes filles bien nées devaient se nommer Marie. La marquise datait des temps païens de la Révolution et du Directoire. Elle ne rougissait pas encore de porter le nom de la déesse des fleurs. Ce ne fut qu'en 1816 qu'elle signa son autre prénom Elisabeth, jusque-là relégué au second plan.

Le marquis, tout plein de son sujet, entretint loquacement sa femme et Mourzakine de ses espérances politiques. Le Russe admira la prodigieuse facilité avec laquelle ce petit homme parlait, mangeait et gesticulait en même temps. Il se demanda s'il lui restait, au milieu d'une telle dépense de vitalité, la faculté de voir ce qui se passait entre sa femme et lui. A cet égard, le cerveau du marquis lui apparut à l'état de vacuité ou d'impuissance

complète, et, pour aider à cette bienfaisante disposition, il promit de s'intéresser à la cause des
Bourbons, dont il se souciait moins que d'un verre
de vin et à laquelle il ne pouvait absolument rien,
n'étant pas un aussi grand personnage qu'il plaisait à son cousin le marquis de se l'imaginer.

Celui-ci, ayant engouffré une quantité invraisemblable de victuailles dans son petit corps, venait
de demander sa voiture, lorsqu'on annonça le
comte Ogokskoï.

— C'est mon oncle, aide de camp du tsar, dit
Mourzakine; me permettrez-vous de vous le présenter ?

— Aide de camp du *gzar* ? Nous irons ensemble
à sa rencontre ! s'écria le marquis, enchanté de pouvoir établir des relations avec un serviteur direct
du maître.

Il oubliait, l'habile homme, que le rôle des serviteurs d'un grand prince est de ne jamais vouloir
que ce que veut le prince avant de les consulter.

Le comte Ogokskoï avait été un des beaux

3

hommes de la cour de Russie, et, quoique brave
et instruit, étant né sans fortune, il n'avait dû la
sienne qu'à la protection des femmes. La protection, de quelque part qu'elle vînt, était à cette
époque la condition indispensable de toute destinée pour la noblesse pauvre en Russie. Ogokskoï avait été protégé par le beau sexe, Mourzakine
était protégé par son oncle : on avait du mérite
personnel si on pouvait, mais il fallait, pour ob-
tenir quelque chose, ne pas commencer exclusi-
vement par le mériter. Le temps était proche où
la monarchie française profiterait de cet exemple,
qui rend l'art de gouverner si facile.

Ogokskoï n'était plus beau. Les fatigues et les
anxiétés de la servitude avaient dégarni son front,
altéré ses dents, flétri son visage. Il avait dépassé
notablement, disait-on, la cinquantaine, et il aurait pris du ventre, si l'habitude qu'ont les officiers
russes de se serrer cruellement les flancs à grands
renfort de ceinture n'eût forcé l'abdomen à se
réfugier dans la région de l'estomac. Il avait donc
le buste énorme et la tête petite, disproportion

que rendait plus sensible l'absence de chevelure
sur un crâne déprimé. Il avait en revanche plus
de croix sur la poitrine que de cheveux au front;
mais si sa haute position lui assurait le privilége
d'être bien accueilli dans les familles, elle ne le
préservait pas d'une baisse considérable dans ses
succès auprès des femmes. Ses passions, restées
vives, n'ayant plus le don de se faire partager,
avaient empreint d'une tristesse hautaine la physionomie et toute l'attitude du personnage.

Il se présenta avec une grande science des
bonnes manières. On eût dit qu'il avait passé sa
vie en France dans le meilleur monde; telle fut
du moins l'opinion de la marquise. Un observa-
teur moins prévenu eût remarqué que le trop est
ennemi du bien, que le comte parlait trop gram-
maticalement le français, qu'il employait trop ri-
goureusement l'imparfait du subjonctif et le pré-
térit défini, qu'il avait une grâce trop ponctuelle
et une amabilité trop mécanique. Il remercia vivement la marquise des bontés qu'elle avait pour
son neveu et affecta de le traiter devant elle

comme un enfant que l'on aime et que l'on ne prend pas au sérieux. Il le plaisanta même avec bienveillance sur son aventure de la veille, disant qu'il était dangereux de regarder les Françaises, et que, quant à lui, il craignait plus certains yeux que les canons chargés à mitraille. En parlant ainsi, il regarda la marquise, qui le remercia par un sourire.

Le marquis implora vivement son appui politique, et plaida si chaudement la cause des Bourbons que l'aide de camp d'Alexandre ne put cacher sa surprise.

— Il est donc vrai, monsieur le marquis, lui dit-il, que ces princes ont laissé d'heureux souvenirs en France? Il n'en fut pas de même chez nous lorsque le comte d'Artois vint implorer la protection de notre grande Katherine. Ne *ouïtes-vous* point parler d'une merveilleuse épée qui lui fut donnée pour reconquérir la France, et qui fut promptement vendue en Angleterre?...

— Bah! dit le marquis, pris au dépourvu, il y si longtemps!...

—M. le comte d'Artois était jeune alors, ajouta la marquise, et M. Ogokskoï était bien jeune aussi! Il ne peut pas s'en souvenir.

Cette adroite flatterie pénétra Ogokskoï de reconnaissance. Avec la subtile pénétration que possèdent les femmes en ces sortes de choses, Flore de Thièvre avait trouvé l'endroit sensible et beaucoup plus gagné en trois mots que son mari avec ses torrents de paroles et de raisonnements.

M. de Thièvre, voyant qu'elle plaidait mieux que lui, et sachant que la beauté est meilleur avocat que l'éloquence, les laissa ensemble. Mourzakine restait en tiers ; mais au bout d'un instant il reçut, des mains de Martin, un message auquel il demanda la permission d'aller répondre de vive voix.

Il trouva dans l'antichambre un personnage dont la pauvre mine contrastait avec celle des luxuriants valets de la maison. C'était un garçon de quinze à seize ans, petit, maigre, jaune, les cheveux noirs, gras et plaqués prétentieusement sur les tempes, la figure assez jolie quand même, l'œil

noir et lumineux, le menton garni déjà d'un pré-
coce duvet. Il était misérablement étriqué dans un
habit vert à boutons d'or qui semblait échappé à
la hotte d'un chiffonnier; sa chemise était d'un
blanc douteux, et sa cravate noire bien serrée
avait une prétention militaire qui contrastait avec
un jabot déchiré, assez ample pour cacher les
dimensions exiguës du gilet; c'était le gamin de
Paris, comiquement et cyniquement endimanché.

— Pour qui donc veux-tu te faire passer? lui
dit involontairement Mourzakine en le toisant
avec dégoût. Qui t'envoie et que veux-tu?

— Je veux parler à *Votre Hautesse*, répondit
tranquillement le gamin avec un dédain égal à
celui qu'on lui manifestait. Est-ce que c'est défendu par la *coalition*?

Son effronterie divertit le prince russe, qui vit
un type à étudier.

— Parle, lui dit-il avec un sourire, la coalition
ne s'y oppose pas.

— Bon! pensa le gamin, tout le monde aime à
rire, même ces cocos-là. — Mais il faut que je

vous parle en secret, ajouta-t-il. Je n'ai point affaire à messieurs les laquais.

— Diable ! reprit Mourzakine, tu le prends de
haut. Alors suis-moi dans le jardin.

Ils franchirent la porte, entrèrent dans une allée
couverte qui longeait la muraille, et le gamin sans
se déconcerter entama ainsi la conversation.

— C'est moi le frère à Francia.

— Très-bien, dit Mourzakine ; mais qu'est-ce
que c'est que Francia ?

— Francia, excusez ! vous n'avez pas seulement
demandé le nom de celle que votre cheval a bous-
culée...

— Ah ! j'y suis ! non vraiment, je n'ai pas demandé son nom. Comment va-t-elle ?

— Bien, merci, et vous ?

— Il ne s'agit pas de moi.

— Si fait ; c'est à vous qu'elle veut parler, rien
qu'à vous. Dites si vous voulez qu'elle vous parle ?

— Certainement.

— Je vais l'aller chercher.

— Non, je ne peux pas la voir ici.

— A cause donc?

— Je ne suis pas chez moi. Je la verrai chez elle.

— En ce cas, je marche devant, suivez-moi.

— Je ne peux pas sortir; mais dans trois jours...

— Ah oui! vous êtes en pénitence! on a dit ça dans l'antichambre, ça venait d'être dit dans le salon. Allons! voilà notre adresse, ajouta-t-il en lui remettant un papier assez malpropre; mais trois jours, c'est long, et en attendant on va se manger les moelles.

— Vous êtes donc bien pressés?

— Oui, monsieur, oui, nous sommes pressés d'avoir, si c'est possible, des nouvelles de notre pauvre mère.

— Qui, votre mère?

— Une femme célèbre, monsieur le Russe, Mademoiselle Mimi la Source, que vous avez vue danser, ça n'est pas possible autrement, au théâtre de Moscou, dans les temps, avant la guerre.

— Oui, oui, certainement, je me souviens, j'ai vécu à Moscou dans ce temps-là; mais je n'ai jamais été dans les coulisses. Je ne savais pas qu'elle eût des enfants... Ce n'est pas là que j'ai pu voir votre sœur.

— Ce n'est pas là que vous l'avez vue. D'ailleurs, vous n'auriez peut-être pas fait attention à elle, elle était trop jeune ! Mais notre mère, monsieur le prince, notre pauvre mère, vous l'avez bien revue à la Bérézina ! Vous y étiez bien avec les cosaques qui massacraient les pauvres traînards ! Je n'y étais pas, moi, j'ai pas été élevé en Russie ; mais ma sœur y était ; elle jure qu'elle vous y a vu

— Oui, elle a raison, j'y étais, je commandais un détachement, et à présent je me souviens d'elle.

— Et de notre mère ? Voyons, où est-elle ?

— Elle est probablement avec Dieu, mon pauvre garçon ! Moi, je n'en sais rien !

— Morte ! répéta le gamin, dont les yeux enflammés se remplirent de larmes. C'est peut-être vous qui l'avez tuée !

— Non, ce n'est pas moi : je n'ai jamais frappé

4.

l'ennemi sans défense. Sais-tu, enfant, ce que c'est qu'un homme d'honneur ?

— Oui, j'ai entendu parler de ça, et ma sœur se souvient que les cosaques tuaient tout. Alors vous commandiez des hommes sans honneur ?

— La guerre est la guerre ; tu ne sais de quoi tu parles. Assez ! ajouta-t-il en voyant que l'enfant allait riposter. Je ne puis te donner de nouvelles de ta mère. Je ne l'ai pas vue parmi les prisonniers. J'ai vu, à la première ville où nous nous sommes arrêtés après la Bérézina, ta sœur blessée d'un coup de lance ; j'ai eu pitié d'elle, je l'ai fait mettre dans la maison que j'occupais, en la recommandant à la propriétaire. J'ai même laissé quelque argent en partant le lendemain, afin que l'on prît soin d'elle. A-t-elle encore besoin de quelque chose ? J'ai déjà offert...

— Non, rien. Elle m'a bien défendu de rien accepter pour elle.

— Mais pour toi ?... dit Mourzakine en portant a main à sa ceinture.

Les yeux du gamin de Paris brillèrent un in-

stant, allumés par la convoitise, par le besoin peut-
être; mais il fit un pas en arrière comme pour
échapper à lui-même, et s'écria avec une majesté
burlesque :

— *Non ! pas de ça, Lisette !* On ne veut rien des
Russes !

— Alors pourquoi ta sœur voulait-elle me voir?
Espère-t-elle que je pourrai l'aider à retrouver sa
mère? cela me paraît bien impossible !

— On pourrait toujours savoir si elle a été faite
prisonnière? Moi je ne peux pas vous dire au juste
où c'était et comment ça c'est passé; mais Francia vous expliquerait...

— Voyons, je ferai tout ce qui dépendra de moi.
Qu'elle attende à dimanche, et j'irai chez vous.
Es-tu content ?

— Chez nous,... le dimanche,... dit le gamin en
se grattant l'oreille, ça ne se peut guère !

— Pourquoi?

— *A cause de parce que !* Il vaut mieux qu'elle
vienne ici.

— Ici, c'est complétement impossible.

— Ah! oui, il y a une belle jolie dame qui serait jalouse...

— Tais-toi, *maraud!*

— Bah! les larbins se gênent bien pour le dire tout haut dans l'antichambre, que la bourgeoise en tient!...

— Hors d'ici, faquin! dit Mourzakine, qui avait appris dans les auteurs français du siècle dernier comment un homme du monde parlait à la canaille.

Mais il ajouta, dans des formes plus à son usage :

— Va-t'en, ou je te fais couper la langue par mon cosaque.

Le gamin, sans s'effrayer de la menace, porta la main à sa bouche en tirant la langue comme si la douleur lui arrachait cette grimace, puis, sans tourner les talons, avisant devant lui le mur peu élevé du jardin, il grimpa au treillage avec l'agilité d'un singe, enjamba le mur, fit un pied de nez très-accentué au prince russe, et disparut sans se demander s'il sautait dans la rue ou dans un autre enclos dont il sortirait par escalade.

Mourzakine demeura confondu de tant d'audace.
En Russie, il eût été de son devoir de faire poursuivre, arrêter et fustiger atrocement un homme
du peuple capable d'un pareil attentat envers lui.
Il se demanda même un instant s'il n'appellerait
pas Mozdar pour franchir ce mur et s'emparer du
coupable ; mais, outre que le délinquant avait de
l'avance sur le cosaque, le souvenir de Francia dissipa la colère de Mourzakine, et il s'arrêta sous
un gros tilleul où un banc l'invitait à la rêverie.

« — Oui, je me la remets bien à présent, se
disait-il, et son esprit faisant un voyage rétros-
pectif, il se racontait ainsi l'événement. « C'était à
Pletchenitzy, dans les premiers jours de décem-
bre 1812. Platow commandait la poursuite. La veille
nous avions donné la chasse aux Français, qui
avaient réussi à se dégager après avoir délivré
Oudinot, que mes cosaques tenaient assiégé dans
une grange. Nous avions besoin de repos ; la Bérézina nous avait mis sur les dents. J'avais trouvé
un coin, une espèce de lit, pour dormir sans me
déshabiller. Puis arrivèrent nos convois chargés

du butin, des blessés et des prisonniers. J'avisai
une enfant qui me parut avoir douze ans au plus,
et qui était si jolie dans sa pâleur avec ses longs
cheveux noirs épars ! Elle était dans une espèce de
kibitka pêle-mêle avec des mourants et des ballots.
Je dis à Mozdar de la tirer de là et de la mettre
dans l'espèce de taudis qui me servait de chambre.
Il la posa par terre, évanouie, en me disant :

» — Elle est morte.

» Mais elle ouvrit les yeux et me regarda avec
étonnement. Le sang de sa blessure était gelé sur
le haillon qui lui servait de mante. Je lui parlai
français ; elle me crut Français et me demanda sa
mère, je m'en souviens bien, mais je n'eus pas le
loisir de l'interroger. J'avais des ordres à donner.
Je dis à Mozdar, en lui montrant le grabat où j'avais
dormi :

» — *Mets-la mourir tranquillement.*

» Et je lui jetai un mouchoir pour bander la
blessure. Je dus sortir avec mes hommes. Quand
je rentrai, j'avais oublié l'enfant. J'avais une heure
à moi avant de quitter la ville ; j'en profitai pour

écrire trois mots à ma mère : une occasion se présentait. Quand j'eus fini, je me rappelai la blessée
qui gisait à deux pas de moi. Je la regardai. Je
rencontrai ses grands yeux noirs attachés sur moi,
tellement fixes, tellement creusés, que leur éclat
vitreux me parut être celui de la mort. J'allai à
elle, je mis ma main sur son front ; il était réchauffé
et humide.

» — Tu n'es donc pas morte ? lui dis-je : allons !
tâche de guérir.

» Et je lui mis entre les dents une croûte de
pain qui était restée sur la table. Elle me sourit faiblement, et dévora le pain qu'elle roulait avec sa
bouche sur l'oreiller, car elle n'avait pas la force
d'y porter les mains. De quelle pitié je fus saisi !
Je courus chercher d'autres vivres, en disant à la
femme de la maison :

» — Ayez soin de cette petite. Voilà de l'argent ; sauvez-la.

» Alors l'enfant fit un grand effort. Comme je
sortais, elle tira ses bras maigres hors du lit et les
tendit vers moi en disant :

» — Ma mère !

» Quelle mère ? Où la trouver ? Puisqu'elle n'était pas là, c'est qu'elle était morte. Je ne pus que hausser les épaules avec chagrin. La trompette sonnait ; il fallait partir, continuer la poursuite. Je partis. — Et à présent... peut-on espérer de la retrouver, cette mère ? Ce n'était pas du tout une célébrité, comme ses enfants se le persuadent ; elle était de ces pauvres artistes ambulants que Napoléon trouva dans Moscou, qu'il fit, dit-on, reparaître sur le théâtre après l'incendie pour distraire ses officiers de la mortelle tristesse de leur séjour, et qui le suivirent malgré lui avec toute cette population de traînards qui a gêné sa marche et précipité ses revers. Des cinquante mille âmes inutiles qui ont quitté la Russie avec lui, il n'en est peut-être pas rentré cinq cents en France. Enfin je verrai l'enfant, elle m'intéresse de plus en plus. Elle est bien jolie à présent !

» — Plus jolie que la marquise ?

» — Non, c'est autre chose. »

Et après ce muet entretien avec sa pensée,

Mourzakine se rappela qu'il avait laissé la marquise en tête-à-tête avec son oncle.

— Arrivez donc, mon cousin! s'écria-t-elle en le voyant revenir. Venez me protéger. On est en grand péril avec M. Ogokskoï. Il est d'une galanterie vraiment pressante. Ah! les Russes! Je ne savais pas, moi, qu'il fallait en avoir peur.

Tout cela, débité avec l'aplomb d'une femme qui n'en pense pas un mot, porta différemment sur les deux Russes. Le jeune y vit un encouragement, le vieux une raillerie amère. Il crut lire dans les yeux de son neveu que cette ironie était partagée.

— Je pense, dit-il en dissimulant son dépit sous un air enjoué, que vous mourez d'envie de vous moquer de moi avec Diomiditch; c'est l'affaire des jeunes gens de plaire à première vue, n'eussent-ils ni esprit, ni mérite;... mais ce n'est pas ici le cas, et je vous laisse en meilleure compagnie que la mienne.

— Puis-je vous demander, lui dit Mourzakine en le reconduisant jusqu'à sa voiture de louage, si vous avez plaidé ma cause?...

— Auprès de ta belle hôtesse ? Tu la plaideras
bien tout seul !

— Non ! auprès de *notre père*.

— Le père a bien le temps de s'occuper de toi
Il est en train de faire un roi de France ! Fais-toi
oublier, c'est le mieux ! Tu es bien ici, restes-y
longtemps.

Mourzakine comprit que le coup était porté. La
marquise avait plu à Ogokskoï, et lui, Mourzakine,
avait encouru la disgrâce de son oncle, celle du
maître par conséquent. — A moins que la marquise... ; mais cela n'était point à supposer, et
Mourzakine était déjà assez épris d'elle pour ne pas
s'arrêter volontiers à une pareille hypothèse.

Il s'efforça de s'y soustraire, de faire bon marché
de sa mésaventure, de consommer l'œuvre de séduction déjà entamée, d'être pressant, irrésistible ;
mais ce n'est pas une petite affaire que le mécon-
tentement d'un oncle russe placé près de l'oreille
du tsar ! C'est toute une carrière brisée, c'est une
destinée toute pâle, — toute noire peut-être, car,
si le déplaisir se change en ressentiment, ce peut

être la ruine, l'exil, — et pourquoi pas la Sibérie ?
Les prétextes sont faciles à faire naître.

La marquise trouva son adorateur si préoccupé,
si sombre par moments, qu'elle fut forcée de le
remarquer. Elle essaya d'abord de le plaisanter sur
sa longue absence du salon, et, ne croyant pas deviner si juste, elle lui demanda s'il l'avait quittée
pendant un grand quart d'heure pour s'occuper
de la grisette.

— Quelle grisette ?

Il n'avait plus le moindre souci d'elle. Ce qu'il
voulait se faire demander, c'était la véritable cause
de son inquiétude, et il y réussit.

D'abord la folle marquise ne fit qu'en rire. Elle
n'était pas fâchée de tourner la tête au puissant
Ogokskoï, et il ne pouvait pas lui tomber sous le sens
qu'elle dût expier sa coquetterie en subissant des
obsessions sérieuses. Mourzakine vit bien vite que
cette petite tête chauve et ce corps énorme lui
inspiraient une horreur profonde, et il n'eut pas le
mauvais goût de sa secrète intention, mais il crut
pouvoir louvoyer adroitement.

— Puisque vous prenez cela pour une plaisanterie, lui dit-il, je suis bien heureux de sacrifier la protection de mon oncle, dont je commençais à être jaloux ; mais, je dois pourtant vous éclairer sur les dangers qui vous sont personnels.

— Des dangers, à moi ? vis-à-vis d'un pareil *monument ?* Pour qui donc me prenez-vous, mon cousin ? Avez-vous si mauvaise opinion des Françaises...

— Les Françaises sont beaucoup moins coquettes que les femmes russes, mais elles sont plus téméraires, plus franches, si vous voulez, parce qu'elles sont plus braves. Elles irritent des vanités qu'elles ne connaissent pas. Oserai-je vous demander si M. le marquis de Thièvre désire la restauration des Bourbons par raison de sentiment...

— Mais oui, d'abord.

— Sans doute ; mais n'a-t-il pas de grands avantages à faire valoir ?...

— Nous sommes assez riches pour être désintéressés.

— D'accord ! Pourtant, si vous étiez desservis auprès d'eux...

— Notre position serait très-fausse, car on ne sait ce qui peut arriver. Nous nous sommes beaucoup compromis, nous avons fait de grands sacrifices. — Mais en quoi votre oncle peut-il nous nuire auprès des Bourbons ?

— Le tsar peut tout, répondit Mourzakine d'un air profond.

— Et votre oncle peut tout sur le tsar ?

— Non pas tout, mais beaucoup, reprit-il avec un mystérieux sourire qui effraya la marquise

— Vous croyez donc, dit-elle après un moment d'hésitation, que j'ai eu tort de railler sa galanterie tout à l'heure ?

— Devant moi, oui, grand tort !

— Cela pourra vous nuire, vraiment ?

— Oh ! cela, peu importe ! mais le mal qu'il peut vous faire, je m'en soucie beaucoup plus... Vous ne connaissez pas mon oncle. Il a été l'idole des femmes dans son temps ; il était beau, et il les aimait passionnément. Il a beaucoup rabattu de ses prétentions et de ses audaces ; mais il ne faut pas agacer le vieux lion, et vous l'avez agacé. Un instant, il a pu croire...

— Taisez-vous. Est-ce par... jalousie que vous me donnez cette amère leçon ?

— C'est par jalousie, je ne peux pas le nier, puisque vous me forcez à vous le dire ; mais c'est aussi par amitié, par dévouement, et par suite de la connaissance que j'ai du caractère de mon oncle. Il est aigri par l'âge, ce qui ajoute au tempérament le plus vindicatif qu'il y ait en Russie, pays où rien ne s'oublie. Prenez garde, ma belle, ma séduisante cousine ! Il y a des griffes acérées sous les pattes de velours.

— Ah ! mon Dieu, s'écria-t-elle, voilà que vous m'effrayez ! Je ne sais pourtant pas quel mal il peut me faire !...

— Voulez-vous que je vous le dise ?

— Oui, oui, dites ; il faut que je le sache.

— Vous ne vous fâcherez pas ?

— Non.

— Ce soir, quand le père, comme nous appe-

lons le tsar, lui demandera ce qu'il a vu et entendu
dans la journée, il lui dira, oh ! je l'entends d'ici !
il lui dira :

» — J'ai vu mon neveu logé chez une femme
d'une beauté incomparable. Il en est fort épris.

— Bien, tant mieux pour lui ! dira le père, qui
est encore jeune, et qui aime les femmes avec
candeur.

Demain il se souviendra, et il demandera le
soir à mon oncle :

— Eh bien ! ton neveu est-il heureux ?

— Probablement, répondra le comte.

Et il ne manquera pas de lui faire remarquer
M. le marquis de Thièvre dans quelque salon de
l'hôtel de Talleyrand. Il lui dira :

— Pendant que le mari fait ici de la politique
et aspire à vous faire sa cour, mon neveu fait la
cour à sa femme et passe agréablement ses
arrêts...

— Assez ! dit la marquise en se levant avec dépit ;
mon mari sera noté comme ridicule, il jouera
peut-être un rôle odieux. Vous ne pouvez pas res-

ter une heure de plus chez moi, mon cousin !

Le trait avait porté plus profondément que ne
le voulait Mourzakine , la marquise sonnait pour
annoncer à ses gens le départ du prince russe,
mais il ne se démonta pas pour si peu.

— Vous avez raison, ma cousine, dit-il avec une
émotion profonde. Il faut que je vous dise adieu
pour jamais ; soyez sûre que j'emporterai votre
image dans mon cœur au fond des mines de
la Sibérie.

— Que parlez-vous de Sibérie ? Pourquoi ?

— Pour avoir levé mes arrêts, je n'aurai certes
pas moins !

— Ah çà ! c'est donc quelque chose d'atroce que
votre pays ? Restez, restez ;... je ne veux pas vous
perdre. Louis, dit-elle au domestique appelé par
la sonnette, emportez ces fleurs, qui m'incom-
modent.

Et, dès qu'il fut sorti, elle ajouta :

— Vous resterez, mon cousin, mais vous me
direz comment il faut agir pour nous préserver,
vous et moi, de la rancune de votre grand magot

d'oncle. En conscience, je ne peux pas être sérieusement aimable avec lui, je le déteste !

— Soyez aimable comme une femme vertueuse
qu'aucune séduction ne peut émouvoir ou compromettre. Les hommes comme lui n'en veulent pas
à la vertu. Ils ne sont pas jaloux d'elle. Persuadez-
lui qu'il n'a pas de rival. Sacrifiez-moi, dites-lui
du mal de moi, raillez-moi devant lui.

— Vous souffririez cela ! dit la marquise, frappée de la platitude de ces nuances de caractère
qu'elle ne saisissait pas.

Il lui prit alors un dégoût réel, et elle ajouta :

— Cousin, je ferai tout ce qui pourra vous être
utile, excepté cela. Je dirai tout simplement à
votre oncle que vous ne me plaisez ni l'un ni l'autre... Pardon ! il faut que j'aille m'habiller un peu,
c'est l'heure où je reçois.

Et elle sortit sans attendre de réponse.

— Je l'ai blessée, se dit Mourzakine. Elle croit
que, par politique, je renonce à lui plaire. Elle me
prend pour un enfant parce qu'elle est une enfant
elle-même. Il faudra qu'elle m'aime assez pour

4

m'aider de bonne grâce à tromper mon oncle.

Une demi-heure plus tard, le salon de madame de Thièvre était rempli de monde. Le grand événement de l'entrée des étrangers à Paris avait suspendu la veille toutes les relations. Dès le lendemain, la vie parisienne reprenait son cours avec une agitation extraordinaire dans les hautes classes. Tandis que les hommes se réunissaient en conciliabules fiévreux, les femmes, saisies d'une ardente curiosité de l'avenir, se questionnaient avec inquiétude ou se renseignaient dans un esprit de propagande royaliste. Madame de Thièvre, dont on savait le mari actif et ambitieux, était le point de mire de toutes les femmes de son cercle. Elle ne leur prêcha pas la légitimité, plusieurs n'en avaient pas besoin, elles étaient toutes converties ; d'autres n'y comprenaient goutte et flairaient d'où viendrait le vent. Madame de Thièvre, avec un aplomb remarquable, leur dit qu'on aurait bientôt une cour, qu'il s'agissait de chercher d'avance le moyen de s'y faire présenter des premières, et qu'il serait bien à propos de délibérer sur le costume.

— Mais n'aurons-nous pas une reine qui réglera ce point essentiel? dit une jeune femme.

— Non, ma chère, répondit une dame âgée. Le roi n'est pas remarié; mais il y a *Madame*, sa nièce, la fille de Louis XVI, qui est fort pieuse, et qui remplacera vos nudités par un costume décent.

— Ah! mon Dieu! dit la jeune femme à l'oreille de sa voisine en désignant celle qui venait de parler, est-ce que nous allons toutes être habillées comme elle?

— Ah çà! dit une autre en s'adressant à la marquise, on dit que vous avez chez vous un Russe beau comme le jour. Vous nous le cachez donc?

— Mon Russe n'est qu'un cosaque, répondit madame de Thièvre; il ne vaut pas la peine d'être montré.

— Vous hébergez un cosaque? dit une petite baronne encore très-provinciale; est-ce vrai que ces hommes-là ne mangent que de la chandelle?

— Fi! ma chère, reprit la vieille qui avait déjà parlé; ce sont les jacobins qui font courir ces bruits-là! Les officiers de cosaques sont des hommes très-bien nés et très-bien élevés. Celui qui loge ici est un prince, à ce que j'ai ouï dire.

— Revenez me voir demain, je vous le présenterai, dit la marquise. En ce moment, je ne sais où il est.

— Il n'est pas loin, dit un ingénu de douze ans, jeune duc qui accompagnait sa grand'mère dans ses visites; je viens de le voir traverser le jardin!

— Madame de Thièvre nous le cache, c'est bien sûr! s'écrièrent les jeunes curieuses.

Le fait est que la marquise avait depuis quelques instants, pour son beau cousin, un dédain qui frisait le dégoût. Elle l'avait quitté sans lui offrir de le présenter à son entourage, et il boudait au fond du jardin. Elle prit le parti de le faire appeler, contente peut-être de produire ce bel exemplaire de la grâce russe et d'avoir l'air de s'en soucier médiocrement; vengeance de femme.

Il eut un succès d'enthousiasme; vieilles et jeunes, avec ce sans-façon de curiosité qui est dans nos mœurs et que les bienséances ne savent

pas modérer, l'entourèrent, l'examinant comme
un papillon exotique qu'il fallait voir de près, lui
faisant mille questions délicates ou niaises, selon
la portée d'esprit de chacune, et s'excusant sur
l'émotion politique de l'indiscrétion de leurs avan-
ces. Les dernières impressions de l'empire avaient
préparé à voir dans un cosaque une sorte de
monstre croquemitaine. L'exemplaire était beau,
caressant, parfumé, bien costumé. On aurait voulu
le toucher, lui donner du bonbon, l'emporter dans
sa voiture, le montrer à ses bonnes amies.

Mourzakine, surpris, voyait se reproduire dans
ce monde choisi les scènes ingénues qui l'avaient
frappé dans d'autres milieux et d'autres pays. Il eut
le succès modeste; mais son regard pénétrant et
enflammé fit plus d'une victime, et, quand les visites s'écoulèrent à regret, il avait reçu tant d'in-
vitations qu'il fut forcé de demander le secours
de la marquise pour inscrire sur un carnet les
adresses et les noms de ses conquêtes.

Madame de Thièvre lui vanta l'esprit et la bonne
grâce de ses nombreuses rivales avec un désinté-

4.

ressement qui l'éclaira. Il se vit méprisé, et dès lors une seule conquête, celle de la marquise, lui parut désirable.

Elle devait sortir le soir après le dîner ; elle alla s'habiller de nouveau, le laissant seul avec M. de Thièvre, et, par un raffinement de vengeance, elle vint en toilette de soirée, les bras nus jusqu'à l'épaule, la poitrine découverte presque jusqu'à la ceinture, réclamant le bras de son mari, exprimant à son hôte l'ironique regret de le laisser seul. M. de Thièvre s'excusa sur la nécessité d'aller s'occuper des affaires publiques. Mourzakine resta au salon, et, après avoir avoir feuilleté en bâillant un opuscule politique, il s'endormit profondément sur le sofa.

II

Mourzakine goûtait ce doux repos depuis environ une heure, quand il fut réveillé en sursaut par une petite main qui passait légèrement sur son front. Persuadé que la marquise, dont il venait justement de rêver, lui apportait sa grâce, il saisit cette main et allait la baiser, lorsqu'il reconnut son erreur. Bien qu'il eût éteint les bougies et baissé le chapiteau de la lampe pour mieux dormir, il vit un autre costume, une autre taille, et se leva brusquement avec la soudaine méfiance de l'étranger en pays ennemi.

— Ne craignez rien, lui dit alors une voix douce, c'est moi, c'est Francia !

— Francia ! s'écria-t-il, ici? Qui vous a fait entrer ?

— Personne. J'ai dit au concierge que je vous
apportais un paquet. Il dormait à moitié, il n'a
pas fait attention ; il m'a dit : « — *Le perron.* »
J'ai trouvé les portes ouvertes. Deux domes-
tiques jouaient aux cartes dans l'antichambre ; ils
ne m'ont pas seulement regardée. J'ai traversé une
autre pièce où dormait un de vos militaires, un
cosaque ! Celui-là dormait si bien que je n'ai pas
pu l'éveiller ; alors j'ai été plus loin devant moi,
et je vous ai trouvé dormant aussi. Vous êtes donc
tout seul dans cette grande maison? Je peux vous
parler, mon frère m'a dit que vous ne refusiez
pas...

— Mais, ma chère,... je ne peux pas vous parler ici, chez la marquise...

— Marquise ou non, qu'est-ce que cela lui fait?
Elle serait là, je parlerais devant elle. Du moment
qu'il s'agit...

— De ta mère? je sais; mais, ma pauvre petite, comment veux-tu que je me rappelle?...

— Vous l'aviez pourtant vue sur le théâtre ; si vous l'eussiez retrouvée à la Bérézina, vous l'auriez bien reconnue ?

— Oui, si j'avais eu le loisir de regarder quelque chose ; mais dans une charge de cavalerie...

— Vous avez donc chargé les traînards ?

— Sans doute, c'était mon devoir. Avait-elle passé la Bérézina, ta mère, quand tu as été séparée d'elle ?

— Non, nous n'avions point passé. Nous avions réussi à dormir, à moitié mortes de fatigue, à un bivouac où il y avait bon feu. La troupe nous emmenait, et nous marchions sans savoir où on nous traînait encore. Nous étions parties de Moscou dans une vieille berline de voyage achetée de nos deniers et chargée de nos effets ; on nous l'avait prise pour les blessés. Les affamés de l'arrière-garde avaient pillé nos caisses, nos habits, nos provisions : ils étaient si malheureux ! Ils ne savaient plus ce qu'ils faisaient ; la souffrance les rendait fous. Depuis huit jours, nous suivions l'armée

à pied, et les pieds à peu près nus. Nous allions
nous engager sur le pont quand il a sauté. Alors, vos
brigands de cosaques sont arrivés. Ma pauvre mère
me tenait serrée contre elle. J'ai senti comme un
glaçon qui m'entrait dans la chair : c'était un coup
de lance. Je ne me souviens de rien jusqu'au moment où je me suis trouvée sur un lit. Ma mère
n'était pas là, vous me regardiez... Alors vous
m'avez fait manger, et vous êtes parti en disant :
« — Tàche de guérir. »

— Oui, c'est très-exact, et après, qu'es-tu devenue?

— Ce serait trop long à vous dire, et ce n'est
pas pour parler de moi que je suis venue...

— Sans doute, c'est pour savoir... Mais je ne
peux rien te dire encore, il faut que je m'informe;
j'écrirai à Pletchenitzy, à Studzianka, dans tous
les endroits où l'on a pu conduire des prisonniers,
et dès que j'aurai une réponse...

— Si vous questionniez votre cosaque? Il me
semble bien que c'est le même que j'ai vu auprès
de vous à Pletchenitzy?

— Mozdar? C'est lui en effet ! Tu as bonne mémoire !

— Parlez-lui tout de suite...

— Soit !

Mourzakine alla sans bruit éveiller Mozdar, qui
n'eût peut-être pas entendu le canon, mais qui, au
léger grincement des bottes de son maître, se leva
et se trouva lucide comme par une commotion
électrique.

— Viens, lui dit Mourzakine dans sa langue.

Le cosaque le suivit au salon.

— Regarde cette jeune fille, dit Mourzakine en
soulevant le chapiteau de la lampe pour qu'il pût
distinguer les traits de Francia ; la connais-tu ?

— Oui, mon petit père, répondit Mozdar ; c'est
celle qui a fait cabrer ton cheval noir.

— Oui, mais où l'avais-tu déjà vue avant d'entrer en France?

— Au passage de la Bérézina : je l'ai portée par
ton ordre sur ton lit.

— Très-bien. Et sa mère?

— La danseuse qui s'appelait...

— Ne dis pas son nom devant elle. Tu la connaissais donc, cette danseuse?

— A Moscou, avant la guerre, tu m'envoyais lui porter des bouquets.

Mourzakine se mordit la lèvre. Son cosaque lui rappelait une aventure dont il rougissait, bien qu'elle fût fort innocente. Étudiant à l'université de Dorpat et se trouvant en vacances à Moscou, il avait été, à dix-huit ans, fort épris de Mimi La Source jusqu'au moment où il l'avait vue en plein jour, flétrie et déjà vieille.

— Puisque tu te souviens si bien, dit-il à Mozdar, tu dois savoir si tu l'as revue à la Bérézina.

— Oui, dit ingénument Mozdar, je l'ai reconnue après la charge, et j'ai eu du regret... Elle était morte.

— Maladroit! Est-ce que c'est toi qui l'as tuée ?

— Peut-être bien! Je ne sais pas. Que veux-tu, mon petit père? Les traînards ne voulaient ni

avancer, ni reculer; il fallait bien faire une trouée
pour arriver à leurs bagages : on a poussé un peu
la lance au hasard dans la foule. Je sais que j'ai
vu la petite tomber d'un côté, la femme de l'autre.
Un camarade a achevé la mère; moi, je ne suis
pas méchant : j'ai jeté la petite sur un chariot.
Voilà tout ce que je puis te dire.

— C'est bien, retourne dormir, répondit Mourzakine.

Il n'était pas besoin de lui recommander le
silence : il n'entendait pas un mot de français.

— Eh bien! eh bien! mon Dieu ! dit Francia en
joignant les mains; il sait quelque chose; vous lui
avez parlé si longtemps !

— Il ne se rappelle rien, répondit Mourzakine.
J'écrirai demain aux autorités du pays où les
choses se sont passées. Je saurai s'il est resté par
là des prisonniers. A présent, il faut t'en aller, mon
enfant. Dans deux jours, j'aurai en ville un appartement où tu viendras me voir, et je te tiendrai au
courant de mes démarches.

5

— Je ne pourrai guère aller chez vous ; je vous enverrai Théodore.

— Qui ça ? ton petit frère ?

— Oui ; je n'en ai qu'un.

— Merci, ne me l'envoie pas, ce charmant enfant ! J'ai peu de patience, je le ferais sortir par les fenêtres.

— Est-ce qu'il a été malhonnête avec vous ? Il faut lui pardonner ! Un orphelin sur le pavé de Paris, ça ne peut pas être bien élevé. C'est un bon cœur tout de même. Allons !... si vous ne voulez pas le voir, j'irai vous parler ; mais où serez-vous ?

— Je n'en sais rien encore ; le concierge de cette maison-ci le saura, et tu n'auras qu'à venir lui demander mon adresse.

— C'est bien, monsieur ; merci et adieu !

— Tu ne veux pas me donner la main ?

— Si fait, monsieur. Je vous dois la vie, et si vous me faisiez retrouver ma mère,... vous pourriez bien me demander de vous servir à genoux.

— Tu l'aimes donc bien ?

— A Moscou, je ne l'aimais pas, elle me battait trop fort; mais après, quand nous avons été si malheureuses ensemble, ah! oui, nous nous aimions! Et depuis que je l'ai perdue, sans savoir si c'est pour un temps ou pour toujours, je ne fais que penser à elle.

— Tu es un bonne fille. Veux-tu m'embrasser?

— Non, monsieur, à cause de mon... amant, qui est si jaloux! Sans lui, je vous réponds bien que ce serait de bon cœur.

Mourzakine, ne voulant pas lui inspirer de méfiance, la laissa partir et recommanda à Mozdar de la conduire jusqu'à la rue, où son frère l'attendait. Quand elle fut sortie, il s'absorba dans l'étude tranquille de l'émotion assez vive qu'il avait éprouvée auprès d'elle. Francia était ce que l'on peut appeler une charmante fille. Coquette dans son ajustement, elle ne l'était pas dans ses manières. Son caractère avait un fonds de droiture qui ne la portait point à vouloir plaire à qui ne lui plaisait pas. Délicatement jolie quoique sans fraîcheur, son enfance avait trop souffert, elle

avait un charme *indéfinissable*. C'est ainsi que se
le définissait Mourzakine dans son langage inté-
rieur de mots convenus et de phrases toutes
faites.

La marquise rentra vers minuit. Elle était agitée.
On lui avait tant parlé de son prince russe, on le
trouvait si beau, tant de femmes désiraient le
voir, qu'elle se sentait blessée en pensant avec
quelle facilité il pourrait se consoler de ses dé-
dains. — Persisterait-il à la désirer, quand un
essaim de jeunes beautés, comme on disait alors,
viendrait s'offrir à sa convoitise? Peut-être, ne
s'était-il soucié d'elle que très-médiocrement jusque-là: c'était un affront qu'elle ne pouvait en-
durer. Elle revenait donc à lui, résolue à l'en-
flammer de telle manière qu'il dût regretter amè-
rement la déception qu'elle se promettait de lui
infliger, car en aucun cas elle ne voulait lui appartenir.

Elle avait congédié ses gens, disant qu'elle attendrait M. de Thièvre jusqu'au jour, s'il le fallait,
pour avoir des nouvelles, et elle avait gardé sa

toilette provocante, si l'on peut appeler toilette
l'étroite et courte gaîne de crêpe et de satin qui
servait de robe dans ce temps-là. Elle avait gardé,
il est vrai, un splendide cachemire couleur de feu
dont elle se drapait avec beaucoup d'art, et qui,
dans ses évolutions habiles, couvrait et découvrait
alternativement chaque épaule; sa tête blonde,
frisottée à l'*antique*, était encadrée de perles, de
plumes et de fleurs; elle était vraiment belle
et de plus animée étrangement par la volonté
de le paraître. Mourzakine n'était point un
homme de sentiment. Un Français eût perdu
le temps à discuter, à vouloir vaincre ou con-
vaincre par l'esprit ou par le cœur. Mourzakine, ne se piquant ni de cœur ni d'esprit en
amour, n'employant aucun argument, ne faisant
aucune promesse, ne demandant pas l'amour de
l'âme, ne se demandant même pas à lui-même si
un tel amour existe, s'il pouvait l'inspirer, si la
marquise était capable de le ressentir, lui adressa
des instances de sauvage. Elle fut en colère; mais
il avait fait vibrer en elle une corde muette jus-

que-là. Elle était troublée, quand la voiture du marquis roula devant le perron. Il était temps qu'il arrivât. Flore se jura de ne plus s'exposer au danger ; mais la soif aveugle de s'y retrouver l'empêcha de dormir. Bien que son cœur restât libre et froid, sa raison, sa fierté, sa prudence, ne lui appartenaient plus, et le beau cosaque s'endormait sur les deux oreilles, certain qu'elle n'essayerait pas plus de lui nuire qu'elle ne réussirait à lui résister.

Le lendemain, il fit pourtant quelques réflexions. Il ne fallait pas éveiller la jalousie de M. de Thièvre, qui, en le trouvant tête-à-tête avec sa femme à deux heures du matin, lui avait lancé un regard singulier. Il fallait, dès que les arrêts seraient levés, quitter la maison et s'installer dans un logement où la marquise pourrait venir le trouver. Il appela Martin et le questionna sur la proximité d'un hôtel garni.

— J'ai mieux que ça, lui répondit le valet de chambre. Il y a, à deux pas d'ici, un pavillon entre cour et jardin ; c'est un ravissant apparte-

ment de garçon, occupé l'an dernier par un fils de
famille qui a fait des dettes, qui est parti comme
volontaire et n'a pas reparu. Il a donné la permission à son valet de chambre, qui est mon ami,
de se payer de ses gages arriérés en sous-louant,
s'il trouvait une occasion avantageuse, le local
tout meublé. Je sais qu'il est vacant, j'y cours, et
j'arrange l'affaire dans les meilleures conditions
possible pour Votre Excellence.

Mourzakine n'était pas riche. Il n'était pas certain de n'être pas brouillé avec son oncle; mais
il n'osa pas dire à Martin de marchander, et, une
heure après, le valet revint lui apporter la clef de
son nouvel appartement en lui disant :

— Tout sera prêt demain soir. Votre Excellence
y trouvera ses malles, son cosaque, ses chevaux,
une voiture fort élégante qui est mise à sa disposition pour les visites; en outre mon ami Valentin, valet de chambre du propriétaire, sera à
ses ordres à toute heure de jour et de nuit.

— Le tout pour... combien d'argent ? dit Mourzakine avec un peu d'inquiétude.

— Pour une bagatelle : cinq louis par jour, car on ne suppose pas que Son Excellence mangera chez elle.

— Avant de conclure, dit Mourzakine, effrayé d'être ainsi rançonné, mais n'osant discuter, vous allez porter une lettre à l'hôtel Talleyrand.

Et il écrivit à son oncle :

« Mon cher et cruel oncle, quel mal avez-vous donc dit de moi à ma belle hôtesse? Depuis votre visite, elle me persifle horriblement et je sens bien qu'elle aspire à me mettre à la porte. Je cherche un logement. Vous qui êtes déjà venu à Paris, croyez-vous qu'on me vole en me demandant cinq louis par jour, et que je puisse me permettre un tel luxe ? »

Le comte Ogokskoï comprit. Il répondit à l'instant même :

« Mon frivole et cher neveu, si tu as déplu à ta belle hôtesse, ce n'est pas ma faute. Je t'envoie deux cents louis de France, dont tu disposeras comme tu l'entendras. Il n'y a pas de place pour toi à l'hôtel Talleyrand, où nous sommes fort encombrés ; mais demain tu peux reparaître devant *le père :* j'arrangerai ton affaire. »

Mourzakine, enchanté du succès de sa ruse, donna l'ordre à Martin de conclure le marché et de tout disposer pour son déménagement.

— Vous nous quittez, mon cher cousin ? lui dit le marquis à déjeuner ; vous êtes donc mal chez nous ?

La marquise devint pâle ; elle pressentit une trahison : la jalousie lui mordit le cœur.

— Je suis ici mieux que je ne serai jamais nulle part, répondit Mourzakine ; mais je reprends demain mon service, et je serais un hôte incommode. On peut m'appeler la nuit, me forcer à faire dans votre maison un tapage *du diable...*

Il ajouta quelques autres prétextes que le marquis ne discuta pas. La marquise exprima froidement ses regrets. Dès qu'elle fut seule avec lui, elle s'emporta.

— J'espérais, lui dit-elle, que vous prendriez patience encore quarante-huit heures avant de voir mademoiselle Francia ; mais vous n'avez pu y

5.

tenir et vous avez reçu cette fille hier dans ma maison. Ne niez pas, je le sais, et je sais que c'est une courtisane, la maîtresse d'un perruquier.

Mourzakine se justifia en racontant la chose à peu près comme elle s'était passée, mais en ajoutant que la petite fille était plutôt laide que jolie, autant qu'il avait pu en juger sans avoir pris la peine de la regarder. Puis il se jeta aux genoux de la marquise en jurant qu'une seule femme à Paris lui semblait belle et séduisante, que les autres n'étaient que des fleurettes sans parfum autour de la rose, reine des fleurs. Ses compliments furent pitoyablement classiques, mais ses regards étaient de feu. La marquise fut effrayée d'un adorateur que la crainte d'être surpris à ses pieds n'arrêtait pas en plein jour, et en même temps elle se persuada qu'elle avait eu tort de l'accuser de lâcheté. Elle lui pardonna tout et se laissa arracher la promesse de le voir en secret quand il aurait un autre gîte.

— Tenez, lui dit Mourzakine, qui, des fenêtres de sa chambre au premier étage, avait examiné les

ocalités et dressé son plan, la maison que je
vais habiter n'est séparée de la vôtre que par un
grand hôtel...

— Oui, c'est l'hôtel de madame de S..., qui est
absente. Beaucoup d'hôtels sont vides par la
crainte qu'on a eue du siége de Paris.

— Il y a un jardin à cet hôtel, un jardin très-
touffu qui touche au vôtre. Le mur n'est pas
élevé.

— Ne faites pas de folies ! Les gens de madame
de S... parleraient.

— On les payera bien, ou on trompera leur sur-
veillance. Ne craignez rien avec moi, âme de ma
vie ! je serai aussi prudent qu'audacieux, c'est le
caractère de ma race.

Ils furent interrompus par les visites qui arri-
vaient. Mourzakine procura un vrai triomphe à la
marquise en se montrant très-réservé auprès des
autres femmes.

Le jour suivant, l'Opéra offrait le plus brillant
spectacle. Toute la haute société de Paris se pres-
sait dans la salle, les femmes dans tout l'éclat

d'une parure outrée, beaucoup coiffées de lis aux
premières loges; aux galeries, quelques-unes por-
taient un affreux petit chapeau noir orné de
plumes de coq, appelé chapeau à la russe, et imi-
tant celui des officiers de cette nation. Le chan-
teur Laïs, déjà vieux, et se piquant d'un ardent
royalisme, était sur la scène. L'empereur de Russie avec le roi de Prusse occupait la loge de Napoléon et Laïs chantait sur l'air de *vive Henri IV*
certains couplets que l'histoire a enregistrés en
les qualifiant de « rimes abjectes. » La salle entière applaudissait. La belle marquise de Thièvre
sortait de sa loge deux bras d'albâtre pour agiter
son mouchoir de dentelle comme un drapeau
blanc. Du fond de la loge impériale, le monumen-
tal Ogokskoï la contemplait. Mourzakine était tellement au fond, lui, qu'il était dans le corridor.

Au cintre, le petit public qui simulait la
partie populaire de l'assemblée applaudissait
aussi. On avait dû choisir les spectateurs payants,
si toutefois il y en avait. Tout le personnel de
l'établissement avait reçu des billets avec l'injonc-

tion de se bien comporter. Parmi ces attachés de
la maison, M. Guzman Lebeau, qu'on appelait
dans les coulisses le beau Guzman, et qui faisait
partie de l'état-major du coiffeur en chef, avait
reçu deux billets de faveur qu'il avait envoyés
à sa maîtresse Francia et à son frère Théodore.

Ils étaient donc là, ces pauvres enfants de Paris, bien haut, bien loin derrière le lustre, dans
une sorte de niche où la jeune fille avait le vertige et regardait sans comprendre. Guzman lui
avait envoyé un mouchoir de percale brodée, en
lui recommandant de ne s'en servir que pour le
secouer en l'air quand elle verrait « le beau
monde » donner l'exemple. A la fin de l'ignoble
cantate de Laïs, elle fit un mouvement machinal
pour déplier ce drapeau ; mais son frère ne lui en
donna pas le temps : il le lui arracha des mains,
cracha dedans, et le lança dans la salle, où il
tomba inaperçu dans le tumulte de cet enthousiasme de commande.

— Ah ! mon Dieu ! qu'est-ce que tu fais ? lui dit

Francia, les yeux pleins de larmes, mon beau mouchoir !...

— Tais-toi, viens-nous-en, lui répondit Dodore, les yeux égarés; viens, ou je me jette la tête la première dans ce tas de fumier !

Francia eut peur, lui prit le bras et sortit avec lui.

— Non ! pas de contremarque, dit-il en franchissant le seuil. Il fait trop chaud là-dedans ; on s'en va.

Il l'entraînait d'un pas rapide, jurant entre ses dents, gesticulant comme un furieux.

— Voyons, Dodore, lui dit-elle quand ils furent sur les boulevards, tu deviens fou ! Est-ce que tu as bu ! Songe donc à tous ces soldats étrangers qui sont campés autour de nous ! ne dis rien, tu te feras arrêter. Qu'es:-ce que tu as ? dis !

— J'ai, j'ai,... je ne sais pas ce que j'ai, répondit-il.

Et, se contenant, il arriva avec elle sans rien dire jusqu'à leur maison.

— Tiens, dit-il alors, entrons chez le père Moy-

net. Guzman m'a donné trois francs pour te régaler; nous allons boire de l'orgeat, ça me remettra.

Ils entrèrent dans l'estaminet-café qui occupait
le rez-de-chaussée, et qui était tenu par un vieux
sergent estropié à Smolensk; quelques sous-offi-
ciers prussiens buvaient de l'eau-de-vie en plein
air devant la porte.

Francia et son frère se placèrent loin d'eux au
fond de l'établissement, à une petite table de marbre rayé et dépoli par le jeu de dominos. Dodore
dégusta son verre d'orgeat avec délices d'abord,
puis tout à coup, le posant renversé sur le marbre :

— Tiens, dit-il à sa sœur, c'est pas tout ça! je
te défends de retourner chez ton prince russe;
ça n'est pas la place d'une fille comme toi.

— Qu'est-ce que tu as ce soir contre les alliés?
Tu étais si content d'aller à l'Opéra, en loge,... excusez! Et voilà que tu m'emmènes avant la fin!

— Eh bien! oui, voilà! J'étais content de me voir
dans une loge; mais de voir le monde applaudir
une chanson si bête !... C'est dégoûtant, vois-tu,

de se jeter comme ça dans les bottes des cosaques... C'est lâche! On n'est qu'un pauvre, un
sans pain, un rien du tout, mais on crache sur
tous ces plumets ennemis. Nos alliés! ah ouiche!
Un tas de brigands! nos amis, nos sauveurs! Je
t'en casse! Tu verras qu'ils mettront le feu aux
quatre coins de Paris, si on les laisse faire; léchez-
leur donc les pieds! N'y retourne plus chez ce
Russe, ou je le dis à Guguz.

— Si tu le dis à Guzman, il me tuera, tu seras
bien avancé après! Qu'est-ce que tu deviendras
sans moi! Un gamin qui n'a jamais voulu rien apprendre et qui, à seize ans, n'est pas plus capable
de gagner sa vie que l'enfant qui vient de naître!

— Possible, mais ne *m'ostine pas!* Ton Russe...

— Oui, disons-en du mal du Russe, qui peut
nous faire retrouver notre pauvre maman! Si tu
savais t'expliquer au moins! Mais pas capable de
faire une commission! Il paraît que tu lui as mal
parlé ; il a dit que, si tu y retournes, il te
tuera.

— Voyez-vous ça, *Lisette!* Il m'embrochera dans

la lance de son sale cosaque ! Des jolis cadets, avec leurs bouches de morue et leurs yeux de merlans frits ! J'en ferais tomber cinq cents comme des capucins de cartes en leur passant dans les jambes ; veux-tu voir ?

— Allons-nous-en, tiens ! tu ne dis que des bêtises... Ceux qui sont là, c'est des Prussiens, d'ailleurs !

— Encore *pire !* Avec ça que je les aime, les Prussiens ! Veux-tu voir ?

Francia haussa les épaules et frappa avec une clé sur la table pour apeler le garçon. Dodore le paya, reprit le bras de sa sœur et se disposa à sortir. Le groupe de Prussiens était toujours arrêté sur la porte, causant à voix haute et ne bougeant non plus que des blocs de pierre pour laisser entrer ou sortir. Le gamin les avertit, les poussa un peu, puis tout à fait, en leur disant :

— Voyons, laissez-vous *cerculer* les dames ?

Ils étaient comme sourds et aveugles à force de mépris pour la population. L'un d'eux pourtant avisa la jeune fille et dit en mauvais français un

mot grossier qui peut-être voulait être·aimable;
mais il ne l'eut pas plus tôt prononcé qu'un coup
de poing bien asséné lui meurtrissait le nez jusqu'à
faire jaillir le sang. Vingt bras s'agitèrent pour
saisir le coupable ; il tenait parole à sa sœur, il
glissait comme un serpent entre les jambes de l'ennemi et renversait les hommes les uns sur les autres. Il se fût échappé, s'il ne fût tombé sur un
peloton russe qui s'empara de lui et le conduisit
au poste. Dans la bagarre, Francia s'était réfugiée
auprès du père Moynet, le vieux troupier, son
meilleur ami : c'est lui qui l'avait ramenée en
France à travers mille aventures, la protégeant
quoique blessé lui-même, et la faisant passer pour
sa fille.

La pauvre Francia était désolée, et il ne la rassurait
pas. Bien au contraire, en haine de l'étranger, il lui
présentait l'accident sous les couleurs les plus sombres : être arrêté pour une rixe en temps ordinaire,
ce n'était pas grand'chose, surtout quand il s'agissait d'un frère voulant faire respecter sa sœur;
mais avec les étrangers il n'y avait rien à espérer.

La police leur livrerait le pauvre Dodore et ils ne
se géneraient pas pour le fusiller. Francia adorait
son frère ; elle ne se faisait pourtant pas illusion sur
ses vices précoces et sur son incorrigible paresse.
Au retour de la campagne de Russie, elle l'avait
trouvé littéralement sur le pavé de Paris, vivant
des sous qu'il gagnait en jouant au bouchon, ou
qu'il recevait des bourgeois en ouvrant les portiè-
res des fiacres. Elle l'avait recueilli, nourri, habillé, comme elle avait pu, n'ayant pour vivre elle-
même que le produit de quelques bijoux échappés
par miracle aux désastres de la retraite de Moscou.
Ses minces ressources épuisées, et ne gagnant pas
plus de dix sous par jour avec son travail, elle
avait consenti à partager l'infime existence d'un
petit clerc de notaire qui lui parut joli et qu'elle
aima ingénument. Trahie par lui, elle le quitta avec
fierté, sans savoir où elle dînerait le lendemain.
Par une courte série d'aventures de ce genre, elle
était trop jeune pour en avoir eu beaucoup, elle
arriva à posséder le cœur de M. Guzman, qui était
relativement à l'aise et qu'elle chérissait fidèle-

ment malgré son humeur jalouse et son outrecui-
dante fatuité. Francia n'était pas difficile, il faut
l'avouer. Médiocrement énergique, étiolée au
physique et au moral, elle reprenait à la vie depuis
peu et n'avait pas encore tout à fait l'air d'une
jeune fille, bien qu'elle eût dix-sept ans; sa jolie
figure inspirait la sympathie plutôt que l'amour, et,
tout en donnant le nom d'amour à ses affections,
elle-même y portait plus de douceur et de bonté
que de passion. Si elle aimait véritablement
quelqu'un, c'était ce petit vaurien de frère qui
l'aimait de même, sans pouvoir s'en rendre compte, et sans soumettre l'instinct à la réflexion;
mais ce soir-là une transformation s'était faite
dans l'âme confuse de ces deux pauvres enfants :
Théodore s'éveillait à la vie de sentiment par l'orgueil patriotique; Francia s'éveillait à la possession
d'elle-même par la crainte de perdre son frère.

— Écoutez, père Moynet, dit-elle au limonadier,
mettez-moi dans un cabriolet ; je veux aller trouver un officier russe que je connais, pour qu'il
sauve mon pauvre Dodore.

— Qu'est-ce que tu me chantes là? s'écria Moynet qui était en train de fermer son établissement
tout en causant avec elle ; tu connais des officiers
russes, toi?

— Oui, oui, depuis Moscou, j'en connais, il y
en a de bons.

— Avec les jolies filles, ils peuvent être bons,
les gredins! C'est pourquoi je te défends d'y aller,
moi! Allons, remonte chez toi, ou reste ici. Je vais
tâcher de ravoir ton imbécile de frère. Un gamin
comme ça, s'attaquer tout seul à l'ennemi! C'est
égal, ça n'est pas d'un lâche, et je vas parlemen-
ter pour qu'on nous le rende!

Il sortit. Francia l'attendit un quart d'heure qui
lui sembla durer une nuit entière, et puis une
demi-heure qui lui sembla un siècle. Alors, n'y
tenant plus, elle avisa au passage un de ces affreux cabriolets de place dont l'espèce a disparu,
elle y monta à demi folle, sachant à peine où elle
allait, mais obéissant à une idée fixe : invoquer
l'appui de Mourzakine pour empêcher son frère de
mourir.

Bien qu'elle eût pris le cabriolet à l'heure, il alla vite, pressé qu'il était de se retrouver sur les boulevards à la sortie des spectacles; il n'était que onze heures, et Francia lui promettait de ne se faire ramener par lui que jusqu'à la porte Saint-Martin.

Elle alla d'abord à l'hôtel de Thièvre, personne n'était rentré; mais le concierge lui apprit que le prince Mourzakine devait occuper le soir même son nouveau logement, et il le lui désigna

— Vous sonnerez à la porte, lui dit-il, il n'y a pas de concierge.

Francia, sans prendre le temps de remonter dans son cabriolet, dont le cocher la suivit en grognant, descendit la rue, coupa à angle droit, avisa un grand mur qui longeait une rue plus étroite, assombrie par l'absence de boutiques et le branchage des grands arbres qui dépassait le mur. Elle trouva la porte, chercha la sonnette à tâtons et vit au bout d'un instant apparaître une petite lumière portée par le grand cosaque Mozdar.

Il lui sourit en faisant une grimace qui exprimait d'une manière effroyable ses accès de bienveillance, et il la conduisit droit à l'appartement de son maître, où M. Valentin, le gardien du local, apprêtait le lit et achevait de ranger le salon.

C'était un petit vieillard très-différent de son ami, le formaliste et respectueux Martin. Le jeune financier qu'il avait servi menait joyeuse vie et n'avait eu qu'à se louer de son caractère tolérant.

En voyant entrer une jolie fille très-fraîchement parée, car elle avait fait sa plus belle toilette pour aller *en loge* à l'Opéra, il crut comprendre d'emblée, et lui fit bon accueil.

— Asseyez-vous, *mam'selle*, lui dit-il d'un ton léger et agréable ; puisque vous voilà, sans doute que le prince va rentrer.

— Croyez-vous qu'il rentrera bientôt? lui demanda-t-elle ingénument.

— Ah çà ! vous devez le savoir mieux que moi : est-ce qu'il ne vous a pas donné rendez-vous?

Et, saisi d'une certaine méfiance, il ajouta :

— J'imagine que vous ne venez pas chez lui

sur les minuit sans qu'il vous en ait priée?

Francia n'avait pas l'ignorance de l'innocence. Elle avait sa chasteté relative, très-grande encore, puisqu'elle rougit et se sentit humiliée du rôle qu'on lui attribuait; mais elle comprit fort bien et accepta cet abaissement, pour réussir à voir celui qu'elle voulait intéresser à son frère.

— Oui, oui, dit-elle, il m'a priée de l'attendre, et vous voyez que le cosaque me connaît bien, puisqu'il m'a fait entrer.

— Ce ne serait pas une raison, reprit Valentin; il est si simple! Mais je vois bien que vous êtes une aimable enfant. Faites un somme, si vous voulez, sur ce bon fauteuil; moi, je vais vous donner l'exemple : j'ai tant rangé aujourd'hui que je suis un peu las.

Et, s'étendant sur un autre fauteuil avec un soupir de béatitude, il ramena sur ses maigres jambes frileuses, chaussées de bas de soie, la pelisse fourrée du prince et tomba dans une douce somnolence.

Francia n'avait pas le loisir de s'étonner des ma-

nières de ce personnage poliment familier. Elle
ne regardait rien que la pendule et comptait les
secondes aux battements de son cœur. Elle ne
voyait pas la richesse galante de l'appartement, les
figurines de marbre et les tableaux représentant
des scènes de volupté ; tout lui était indifférent,
pourvu que Mourzakine arrivât vite.

Il arriva enfin. Il y avait longtemps que le cocher de Francia avait fait ce raisonnement philosophique, qu'il vaut mieux perdre le prix d'une
course que de manquer l'occasion d'en faire deux
ou trois. En conséquence, il était retourné aux
boulevards sans s'inquiéter de sa *pratique*. Mourzakine ne fut donc pas averti par la présence d'une
voiture à sa porte, et sa surprise fut grande quand
il trouva Francia chez lui. Valentin, qui, au coup
de sonnette, s'était levé, avait soigneusement
épousseté la pelisse et s'était porté à la rencontre
du prince, vit son étonnement et lui dit comme
pour s'excuser :

—*Elle* prétend que Votre Excellence l'a mandée
chez elle, j'ai cru...

6

— C'est bien, c'est bien, répondit Mourzakine, vous pouvez vous retirer.

— Oh! le cosaque peut rester, dit vivement Francia en voyant que Mozdar se disposait aussi à partir. Je ne veux pas vous importuner longtemps, mon prince. Ah! mon bon prince, pardonnez-moi; mais il faut que vous me donniez un mot, un tout petit mot pour quelque officier de service sur les boulevards, afin qu'on me rende mon frère qu'ils ont arrêté.

— Qui l'a arrêté?

— Des Russes, mon bon prince; faites-le mettre en liberté bien vite!

Et elle raconta ce qui s'était passé au café.

— Eh bien! je ne vois pas là une si grosse affaire! répondit le prince. Ton galopin de frère est-il si délicat qu'il ne puisse passer une nuit en prison?

— Mais s'ils le tuent! s'écria Francia en joignant les mains.

— Ce ne serait pas une grande perte!

— Mais je l'aime. moi, j'aimerais mieux mourir à sa place!

Mourzakine vit qu'il fallait la rassurer. Il n'était nullement inquiet du prisonnier. Il savait qu'avec la discipline rigoureuse imposée aux troupes russes, nulle violence ne lui serait faite ; mais il désirait garder un peu la suppliante près de lui, et il donna ordre à Mozdar de monter à cheval et d'aller au lieu indiqué lui chercher le délinquant. Muni d'un ordre écrit et signé du prince, le cosaque enfourcha son cheval hérissé et partit aussitôt.

— Tu resteras bien ici à l'attendre ? dit Mourzakine à la jeune fille qui n'avait rien compris à leur dialogue.

— Ah ! mon Dieu, répondit-elle, pourquoi ne le faites-vous pas remettre en liberté tout bonnement ? Il n'a pas besoin de venir ici, puisqu'il vous déplaît ! Il ne saura pas vous remercier, il est si mal élevé !

—-S'il est mal élevé, c'est ta faute ; tu aurais pu l'*éduquer* mieux, car tu as des manières gentilles, toi ! Tu sauras que j'ai écrit pour retrouver ta mère là-bas, si c'est possible.

— Ah! vous êtes bon, vrai! vous êtes bien bon, vous! Aussi, vous voyez, je suis venue à vous, bien sûre que vous auriez encore pitié de moi; mais il faut me permettre de rentrer, monsieur mon prince. Je ne peux pas m'attarder davantage.

— Tu ne peux pas t'en aller seule à minuit passé!

— Si fait, j'ai un fiacre à la porte.

— A quelle porte? Il n'y en a qu'une sur la rue, et je n'y ai pas vu la moindre voiture.

— Il m'aura peut-être plantée là? Ces *sapins*, ils sont comme ça! Mais ça ne me fait rien; je n'ai pas peur dans Paris, il y a encore du monde dans les rues.

— Pas de ce côté-ci, c'est un désert.

— Je ne crains rien, moi, j'ai l'œil au guet et je sais courir.

— Je te jure que je ne te laisserai pas t'en aller seule. Il faut attendre ton frère. Es-tu si mal ici, ou as-tu peur de moi?

— Oh! non, ce n'est pas cela.

— Tu as peur de déplaire à ton amant?

— Eh bien! oui. Il est capable de se brouiller avec moi.

— Ou de te maltraiter? Quel homme est-ce?

— Un homme très-bien, mon prince.

— Est-ce vrai qu'il est perruquier?

— Coiffeur, et il fait la barbe.

— C'est une jolie condition!

— Mais oui : il gagne de quoi vivre très-honnê-tement.

— Il est honnête?

— Mais!... je ne serais pas avec lui, s'il ne l'était pas !

— Et vraiment tu l'aimes?

— Voyons! vous demandez ça; puisque je me suis donnée à lui! Vous croyez que c'est par in-térêt? J'aurais trouvé dix fois plus riche; mais il me plaisait, lui. Il a de l'instruction; il va souvent dans les coulisses de l'Opéra et il sait tous les airs. D'ailleurs, moi, je ne suis pas intéressée; j'ai des compagnes qui me disent que je suis une niaise, que j'ai tort d'écouter mon cœur et que je finirai sur la paille. Qu'est-ce que ça fait? que je leur réponds, je n'en ai pas eu toujours pour dormir, de la paille! Je n'en aurais pas eu pour mourir en Russie! Mais adieu, mon prince. Vous avez bien assez de mon caquet, et moi...

— Et toi, tu veux t'en aller trouver ton Figaro? Allons, c'est absurde qu'une gentille enfant comme toi appartienne à un homme comme ça. Veux-tu m'aimer, moi?

— Vous? Ah! mon Dieu, qu'est-ce que vous me chantez là?

— Je ne suis pas fier, tu vois...

— Vous auriez tort, monsieur! dit Francia à qui le sang monta au visage. Il ne faut pas qu'un homme comme vous ait une idée dont il serait honteux après! Moi, je ne suis rien, mais je ne me laisse pas humilier. On m'a fait des peines, mais j'en suis toujours sortie la tête haute.

— Allons, ne le prends pas comme ça! Tu me plais, tu me plais beaucoup, et tu me chagrineras si tu refuses d'être plus heureuse, grâce à moi. Je veux te rendre libre... Te payer, non! Je vois que

tu as de la fierté et aucun calcul; mais je te met-
trai à même de mieux vêtir et de mieux occuper ton
frère. Je lui chercherai un état, je le prendrai à
mon service, si tu veux!

— Oh! merci, monsieur; jamais je ne souffrirai
mon frère domestique; nous sommes des enfants
bien nés, nous sortons des artistes. Nous ne le
sommes pas, nous n'avons pas eu la chance d'apprendre, mais nous ne voulons pas dépendre.

— Tu m'étonnes de plus en plus; voyons, de
quoi as-tu envie?

— De m'en aller chez nous, monsieur; ne me
barrez donc pas la porte!

Francia était piquée. Elle voulait réellement partir. Mourzakine, qui en avait douté jusque-là, vit
qu'elle était sincère, et cette résistance inattendue
enflamma sa fantaisie.

— Va-t'en donc, dit-il en ouvrant la porte, tu es
une petite ingrate. Comment! C'est là la pauvre enfant que j'ai empêchée de mourir et qui me demande de lui rendre sa mère et son frère? Je le
ferai, je l'ai promis: mais je me rappellerai une

chose, c'est que les Françaises n'ont pas de cœur!

— Ah! ne dites pas cela de moi! s'écria Francia, subitement émue; pour de la reconnaissance, j'en ai, et de l'amitié aussi! Comment n'en aurais-je pas! Mais ce n'est pas une raison...

— Si fait, c'est une raison. Il ne doit pas y en avoir d'autre pour toi, puisque tu ne consultes en toute chose que ton cœur!

— Mon cœur, je vous l'ai donné, le jour où vous m'avez mis un morceau de pain dans la bouche, puisque je me suis toujours souvenue de vous et que j'ai conservé votre figure gravée comme un portrait dans mes yeux. Quand on m'a dit : « Viens voir, voilà les Russes qui défilent dans le faubourg, » j'ai eu de la peine et de la honte, vous comprenez! On aime son pays quand on a tout souffert pour le revoir; mais je me suis consolée en me disant : — « Peut-être vas-tu voir passer celui... Oh! je vous ai reconnu tout de suite! Tout de suite j'ai dit à Dodore : — C'est lui, le voilà! encore plus beau, voilà tout; c'est quelque grand personnage! — Vrai, ça m'avait

monté la tête et j'ai eu la bêtise de le dire
après devant Guzman; il tenait un fer à friser
qu'il m'a jeté à la figure,... Heureusement il ne
m'a pas touchée, il en aurait du regret aujour-
d'hui.

— Ah! voilà les manières de cet aimable objet
de ton amour? C'est odieux, ma chère! Je te défends de le revoir. Tu m'appartiens, puisque tu
m'aimes. Moi, je jure de te bien traiter et de te
laisser une position en quittant la France. Je peux
même t'emmener, si tu t'attaches à moi.

— Vous n'êtes donc pas marié?

— Je suis libre et très-disposé à te chérir, mon
petit oiseau voyageur. Puisque tu connais mon
pays, que dirais-tu d'une petite boutique bien
gentille à Moscou?

— Puisqu'on l'a brûlé, Moscou?

— Il est déjà rebâti, va, et plus beau qu'auparavant.

—J'aimais bien ce pays-là! nous étions heureux!
mais j'aime encore mieux mon Paris. Vous n'êtes
pas pour y rester. Ce serait malheureux de m'at-

tacher à vous pour vous perdre tout à coup !

— Nous resterons peut-être longtemps, jusqu'à la signature de la paix.

— Longtemps, ça n'est pas assez. Moi, quand je me mets à aimer, je veux pouvoir croire que c'est pour toujours; autrement je ne pourrais pas aimer !

— Drôle de fille ! Vraiment tu crois que tu aimeras toujours ton perruquier?

—Je l'ai cru quand je l'ai écouté. Il me promettait le bonheur, lui aussi. Ils promettent tous d'être bons et fidèles.

— Et il n'est ni fidèle, ni bon ?

—Je ne veux pas me plaindre de lui; je ne suis pas venue ici pour ça !

— Mais ton pauvre cœur s'en plaint malgré lui. Allons, tu ne l'aimes plus que par devoir, comme on aime un mauvais mari, et comme il n'est pas ton mari, tu as le droit de le quitter.

Francia, qui ne raisonnait guère, trouva le raisonnement du prince très-fort et ne sut y répondre. Il lui semblait qu'il avait raison et qu'il lui révélait le dégoût qui s'était fait en elle depuis longtemps déjà. Mourzakine vit qu'il l'avait à demi persuadée et, lui prenant les deux mains dans une des siennes, il voulut lui ôter son petit châle bleu qu'elle tenait serré autour de sa taille, habitude qu'elle avait prise depuis qu'elle possédait ce précieux tissu français imprimé, qui valait bien dix francs.

— Ne m'abîmez pas mon châle! s'écria-t-elle naïvement, je n'ai que celui-là.

— Il est affreux! dit Mourzakine en le lui arrachant. Je te donnerai un vrai cachemire de l'Inde; quelle jolie petite taille tu as! Tu es menue, mais *faite au tour*, ma belle, comme ta mère, absolument!

·Aucun compliment ne pouvait flatter davantage la pauvre fille, et le souvenir de sa mère, invoqué assez adroitement par le prince, la disposa à un nouvel accès de sympathie pour lui.

— Écoutez! lui dit-elle, faites-la-moi retrouver, et je vous jure...

— Quoi? que me jures-tu? dit Mourzakine en

baisant les petits cheveux noirs qui frisottaient sur son cou brun.

— Je vous jure... dit-elle en se dégageant.

Un coup discrètement frappé à la porte força le prince à se calmer. Il alla ouvrir : c'était Mozdar. Il avait parlé à l'officier du poste; tous les gens arrêtés dans la soirée avaient déjà été remis à la police française. Théodore n'était donc plus dans les mains des Russes et sa sœur pouvait se tranquilliser.

— Ah! s'écria-t-elle en joignant les mains, il est sauvé! Vous êtes le bon Dieu, vous, et je vous remercie!

Mourzakine en lui traduisant le rapport du cosaque, s'était attribué le mérite du résultat, en se gardant bien de dire que son ordre était arrivé après coup.

Elle baisa les mains du prince, reprit son châle et voulut partir.

— C'est impossible, répondit-il en refermant la porte sur le nez de Mozdar sans lui donner au-

FRANCIA 109

cun ordre. Il te faut une voiture. Je t'en envoie chercher une.

— Ce sera bien long, mon prince; dans ce quartier-ci, à deux heures du matin, on n'en trouvera pas.

— Eh bien! je te reconduirai moi-même à pied; mais rien ne presse. Il faut que tu me jures de quitter ton sot amant.

— Non, je ne veux pas vous jurer ça. Je n'ai jamais quitté une personne par préférence pour une autre; je ne me dégage que quand on m'y oblige absolument, et je n'en suis pas là avec Guzman.

— Guzman! s'écria Mourzakine en éclatant de rire, il s'appelle Guzman?

— Est-ce que ce n'est pas un joli nom? dit Francia interdite.

— Guzman, ou le *Pied de mouton!* reprit-il riant toujours, on nous a parlé de ça là-bas. Je sais la chanson : *Guzman ne connaît pas d'obstacles!...*

— Eh bien! oui, après? *Le Pied de mouton* n'est

7

pas une vilaine pièce et la chanson est très-bien.
Il ne faut pas vous moquer comme ça !

— Ah ! tu m'ennuies, à la fin ! dit Mourzakine,
qui entrait dans un paroxysme insurmontable;
c'est trop de subtilités de conscience et cela n'a
pas le sens commun ! Tu m'aimes, je le vois bien,
je t'aime aussi, je le sens; oui, je t'aime, ta petite âme me plaît comme tout ton petit être. Il m'a
plu, il m'a été au cœur lorsque tu étais une pauvre enfant presque morte; tu m'as frappé. Si j'a-
vais su que tu avais déjà quinze ans!... Mais j'ai
cru que tu n'en avais que douze ! A présent te
voilà dans l'âge d'aimer une bonne fois, et que ce
soit pour toute la vie si tu veux! Si tu crois ça
possible, moi, je ne demande pas mieux que de
le croire en te le jurant. Voyons, je te le jure,
crois-moi, je t'aime !

Le lendemain, Francia était assise sur son petit
lit, dans sa pauvre chambre du faubourg Saint-
Martin. Neuf heures sonnaient à la paroisse, et ne
s'étant ni couchée, ni levée, elle ne songeait pas
à ouvrir ses fenêtres et à déjeuner. Elle n'était

rentrée qu'à cinq heures du matin; Valentin l'avait ramenée, et elle avait réussi à se faire ouvrir sans être vue de personne. Dodore n'était pas rentré du tout. Elle était donc là depuis quatre grandes heures, plongée dans de vagues rêveries, et tout un monde nouveau se déroulait devant elle.

Elle ne ressentait ni chagrin, ni fatigue; elle vivait dans une sorte d'extase et n'eût pu dire si elle était heureuse ou seulement éblouie. Ce beau prince lui avait juré de l'aimer toujours, et en la quittant il le lui avait répété d'un air et d'un ton si convaincus, qu'elle se laissait aller à le croire. Un prince ! Elle se souvenait assez de la Russie pour savoir qu'il y a tant de princes dans ce pays-là que ce titre n'est pas une distinction aussi haute qu'on le croit chez nous. Ces princes qui tirent leur origine des régions caucasiques ont eu parfois pour tout patrimoine une tente, de belles armes, un bon cheval, un maigre troupeau et quelques serviteurs, moitié bergers, moitié bandits. N'importe; en France, le titre de prince reprenait son prestige aux yeux de la Parisienne, et le luxe re-

latif où campait pour le moment Mourzakine,
riche en tout des deux cents louis donnés par son
oncle, n'avait pas pour elle d'échelle de comparai-
son. C'était dans son imagination un prince des
contes de fées, et il était si beau! Elle n'avait pas
songé à lui plaire, elle s'en était même défendue.
Elle avait bien résolu, en allant chez lui, de n'être
pas légère, et elle pensait avoir mis beaucoup de
prudence et de sincérité à se défendre. Pouvait-elle
résister jusqu'à faire de la peine à un homme à
qui elle devait la vie, celle de son frère, et peut-
être le prochain retour de sa mère? Et cela, pour
ne pas offenser M. Guzman, qui la battait et ne lui
était pas fidèle !

D'où vient donc qu'elle avait comme des remords? Ce n'est pas qu'elle eût une peur immédiate de Guzman : il ne venait jamais dans la
matinée et il ne pouvait pas savoir qu'elle était
rentrée si tard. Le portier seul s'en était aperçu
et il la protégeait par haine du perruquier, qui
l'avait blessé dans son amour-propre. Francia tenait énormément à sa réputation. Sa réputation!

elle s'étendait peut-être à une centaine de personnes du quartier qui la connaissaient de vue ou
de nom. N'importe, il n'y a pas de petit horizon,
comme il n'y a pas de petit pays. Elle avait toujours fait dire d'elle qu'elle était sincère, désinté-
ressée, fidèle à ses piètres amants ; elle ne voulait point passer pour une fille qui se vend et elle
cherchait le moyen de faire accepter la vérité sans
perdre de sa considération ; mais ses réflexions
n'avaient pas de suite, l'enivrement de son cerveau
dissipait ses craintes : elle revoyait le beau prince
à ses pieds, et pour la première fois de sa vie elle
était accessible à la vanité sans chercher à s'en défendre, prenant cette ivresse nouvelle pour un genre
d'amour enthousiaste qu'elle n'avait jamais ressenti.

Enfin l'arrivée de Théodore vint l'arracher à ses
contemplations.

— Pas plus habillée que ça? lui dit-il en la
voyant en jupe et en camisole, les cheveux encore
dénoués. Qu'est-ce qu'il y a donc ?

— Et toi? Tu rentres à des neuf heures du matin quand je t'attends depuis...

— Tu sais bien que j'ai été arrêté par ces ta-merlans du boulevard! T'as donc pas vu?

— Tu as été mis en liberté au bout d'une heure!

— Comment sais-tu ça?

— Je le sais!

— C'est vrai; mais j'avais encore vingt sous de Guzman dans ma poche... Fallait bien faire un peu la noce après? Vas-tu te fâcher?

— Écoute, Dodore, tu ne recevras plus rien de Guzman; il faut t'arranger pour ça.

— Parce que?

— Je t'avais déjà défendu...

— J'ai pas désobéi. Ce qu'il m'avait donné hier, c'était pour te régaler, puisqu'il ne pouvait pas venir lui-même; eh bien! j'avais encore vingt sous, je me suis amusé avec. Voilà-t-il pas!

— Il faudra lui rendre ça. C'est bien assez qu'il paye notre loyer, ce qui me permet d'épargner de quoi t'empêcher d'aller tout nu.

— Jolie épargne! Tous tes bijoux sont *lavés*; tu es bien bête de rester avec Guguz! Il est joli homme, je ne dis pas, et il est amusant quand il chante; mais il est panné, vois-tu, et il n'a pas que toi! Un de ces jours, il faudra bien qu'il te lâche, et tu ferais mieux...

— De quoi? qu'est-ce qui serait mieux?

— D'avoir un mari pour de bon, quand ça ne serait qu'un ouvrier! J'en sais plus d'un dans le quartier qui en tiendrait pour toi, si tu voulais.

— Tu parles comme un enfant que tu es. Est-ce que je peux me marier?

— A cause?... Je ne suis plus enfant, moi; comme disait Guguz l'autre jour, je ne l'ai jamais été. Y a pas d'enfants sur le pavé de Paris : à cinq ans, on en sait aussi long qu'à vingt-cinq. Faut donc pas faire de grimaces pour causer... Nous n'avons jamais parlé de ça tous les deux, ça ne servait de rien; mois voilà que tu me dis qu'il ne faut plus prendre l'argent à Guzman. Tu as raison, et moi je te dis qu'il ne faut plus en recevoir non plus, toi qui parles! Je dis qu'il faut le quitter, et prendre un camarade à la mairie. Y a le neveu au père Moynet, Antoine, de chez le ferblantier, qui

a de quoi s'établir et qui te trouve à son goût. Il
sait de quoi il retourne; mais il a dit devant moi à
son oncle : — « Ça ne fait rien; avec une autre,
j'y regarderais, mais avec elle... — Et le père
Moynet a répondu : — T'as raison! Si elle a
péché, c'est ma faute, j'aurais dû la surveiller
mieux. J'ai pas eu le temps; mais c'est égal,
celle-là c'est pas comme une autre; ce qu'elle
promettra, elle le tiendra. » Voyons, faut dire
oui, Francia !

— Je dis non ! pas possible ! Antoine ! Un bon
garçon, mais si vilain ! Un ouvrier comme ça ! C'est
honnête, mais ça manque de propreté,... c'est
brutal... Non ! pas possible !

— C'est ça ! il te faut des perruquiers qui sen-
tent bon, ou des princes !

Francia frissonna ; puis, prenant son parti :

— Eh bien ! oui, dit-elle, il me faut des princes,
et j'en aurai quand je voudrai.

Dodore, surpris de son aplomb, en fut ébloui
d'abord. L'accès de fierté patriotique qu'il avait eu
la veille, et qui l'avait exalté durant la nuit au

cabaret, se dissipa un instant. Ses yeux éteints s'arrondirent et il crut faire acte d'héroïsme en répondant :

— Des princes, c'est gentil, pourvu qu'ils ne soient pas étrangers.

— Ne revenons pas là-dessus, lui dit Francia. Nous n'avons pas de temps à perdre à nous disputer. Il faut nous en aller d'ici. On doit venir me prendre à midi et payer le loyer échu. J'emporte mes nippes et les tiennes. Tu resteras seulement pour dire à Guzman : «— Ma sœur est partie, vous ne la reverrez plus. Je ne sais pas où elle est ; elle vous laisse le châle bleu et la parure d'acier que vous lui avez donnés... Voilà. »

— C'est arrangé comme ça ? dit Théodore stupéfait... Alors tu me plantes là aussi, moi ? Deviens ce que tu pourras ? Et allez donc ! Va comme je te pousse !

— Tu sais bien que non, Dodore, tu sais bien que je n'ai que toi. Voilà quatre francs, c'est toute ma bourse aujourd'hui ; mais c'est de quoi ne pas jeûner et ne pas coucher dehors. Demain ou

7.

après-demain au plus tard, tu trouveras de mes nouvelles ; une lettre pour toi chez papa Moynet, et, où je serai, tu viendras.

— Tu ne veux pas me dire où ?

— Non, tu pourras sans mentir jurer à Guzman que tu ne sais pas où je suis.

— Et dans le quartier, qu'est-ce qu'il faudra dire ? Guguz va faire un sabbat !...

— Je m'y attends bien ! Tu diras que tu ne sais pas !

— Écoute, *Fafa*, dit le gamin, après avoir tiraillé les trois poils de ses favoris naissants, ça ne se peut pas, tout ça ! Je vois bien que tu vas être heureuse, et que tu ne veux pas m'abandonner ; mais les bonheurs, ça ne dure pas, et quand nous voudrons revenir dans le quartier, faudra changer toute *notre société* pour une autre ; moi, je vais avec les ouvriers honnêtes, on ne m'y moleste pas trop. On me reproche de ne rien faire, mais on me dit encore : — Travaille donc ! te v'là en âge. T'auras pas toujours ta sœur ! et d'ailleurs, ta sœur, elle ne fera pas fortune, elle vaut mieux que ça !...

« T'entends bien, Fafa ? quand on ne te verra plus, ça sera rasé, et, si on me revoit bien habillé avec de l'argent dans ma poche, on me renverra avec ceux qu'on méprise, et dame !... il faudra bien descendre dans *la société*. Tu ne veux pas de ça, pas vrai ? Il ne vaut pas grand'chose, ton Dodore ; mais il vaut mieux que rien du tout ! »

Francia cacha sa figure dans ses mains, et fondit en larmes. La vie sociale se déroulait devant elle pour la première fois. La vitalité de sa propre conscience faisait un grand effort pour se dégager sous l'influence inattendue de ce frère avili jusque-là par elle, à l'insu de l'un et de l'autre, qui allait l'être davantage et sciemment.

— Tu vaux mieux que moi, lui dit-elle. Nous avons encore de l'honnêteté à garder, et, si nous nous en allons dans un autre endroit, nous ne connaîtrons pas une personne pour nous dire bonjour en passant ; mais qu'est-ce que nous pouvons faire ? Je ne dois pas rester avec Guzman et je ne veux rien garder de lui.

— Tu ne l'aimes plus?

— Non, plus du tout.

— Ne peux-tu pas patienter?

— Non, il faudrait le tromper. Je ne peux pas!

— Eh bien, ne le trompe pas. Dis-lui que c'est fini, que tu veux te marier.

— Je mentirais et il ne me croirait pas. Pense au train qu'il va faire! Ça nous fera bien plus de tort que de nous sauver!

— Il ne t'aime déjà pas tant! Dis-lui que tu sais ses allures, mets-le à la porte, je t'aiderai. Je ne le crains pas, va, j'en mangerais dix comme lui!

— Il criera qu'il est chez lui, qu'il paie le logis, que c'est lui qui nous chasse!

— Tu n'as donc pas de quoi le payer, ce satané loyer, lui jeter son argent à la figure, quoi!

— J'ai quatre francs, je te l'ai dit. Je ne reçois jamais d'argent de lui; ça me répugne. Il me donne tous les jours pour le dîner puisqu'il dîne

avec nous ; le matin, nous mangeons les restes,
toi et moi,

— Ah ! s'écria Dodore en serrant les poings, si
j'avais pensé ! Je prendrai un état, Fafa, vrai ! Je
vais me mettre à n'importe quelle pioche ! Faut
travailler, faut pas dépendre comme ça !

—Quand je te le disais ! Tu voyais bien qu'à cou-
dre chez nous des gilets de flanelle dans la journée, je ne pouvais pas gagner plus de six sous ; avec
ça, je ne pouvais pas t'élever et vivre sans men-
dier. Les amoureux sont venus me dire : — « Ne
travaille donc pas, tu es trop jolie pour veiller si
tard, et d'ailleurs, tu auras beau faire, ça ne te
sauvera pas. » Je les ai écoutés, croyant que
l'amitié empêcherait la honte, et nous voilà !

— Faut que ça finisse, sécria Dodore ; c'est à
cause de moi que ça t'arrive ! faut en finir ! Je vas
chercher Antoine ! Il paiera tout, il te conduira
quelque part d'où tu ne sortiras que pour l'é-
pouser !

Antoine adorait Francia ; elle était son rêve, son
idéal. Il lui pardonnait tout, il était prêt à la pro-

téger, à la sauver. Elle le savait bien. Il ne le lui avait dit que par ses regards et son trouble en la rencontrant; mais c'était un être inculte. Il savait à peine signer son nom. Il ne pouvait pas dire un mot sans jurer, il portait une blouse, il avait les mains larges, noires et velues jusqu'au bout des doigts. Il faisait sa barbe une fois par semaine, il semblait affreux à Francia, et l'idée de lui appartenir la révoltait.

— Si tu veux que je me tue, s'écria-t-elle en allant éperdue vers la fenêtre, va chercher cet homme-là !

Il fallait pourtant prendre un parti, et toute solution semblait impossible, lorsqu'on sonna discrètement à la porte.

— N'aie pas peur ! dit Théodore à sa sœur, ça n'est pas Guzman qui sonne si doux que ça.

Il alla ouvrir et M. Valentin apparut. Il apportait une lettre de Mourzakine ainsi conçue :

« Puisque tu es si craintive, mon cher petit oiseau bleu, j'ai trouvé moyen de tout arranger. M. Valentin t'en fera part, aie confiance en lui. »

— Quel moyen le prince a-t-il donc trouvé ? dit Francia en s'adressant à Valentin.

— Le prince n'a rien trouvé du tout, répondit Valentin avec le sourire d'un homme supérieur : il m'a raconté votre histoire et fait connaître vos scrupules. J'ai trouvé un arrangement bien simple. Je vais dire à votre propriétaire et dans le café d'en bas que votre mère est revenue de Russie, que vous partez pour aller au-devant d'elle à la frontière et que c'est elle qui vous envoie de l'argent. Soyez tranquille ; mais allez vite, le fiacre n° 182 est devant la Porte Saint-Martin, et il a l'adresse du prince, qui vous attend.

— Partons ! dit Francia en prenant le bras de son frère. Tu vois comme le prince est bon ; il nous sauve la vie et l'honneur !

Dodore, étourdi, se laissa emmener. Sa morale était de trop fraîche date pour résister davantage. Ils évitèrent de passer devant l'estaminet, bien que le cœur de Francia se serrât à l'idée de quitter ainsi son vieil ami Moynet ; mais il l'eût peut-être retenue de force. Ils trouvèrent le fiacre, qui les conduisit au faubourg Saint-Germain ; Mozdar les reçut et les fit monter dans le pavillon occupé par Mourzakine. Il y avait à l'étage le plus élevé un petit appartement que Valentin louait au prince moyennant un louis de plus par jour, et qui prenait vue sur le grand terrain où se réunissaient les jardins des hôtels environnants, celui de l'hôtel de Thièvre compris.

— Excusez ! dit Dodore en parcourant les trois chambres, nous voilà donc passés princes pour de bon !

Une heure après, Valentin arrivait avec un carton et un ballot ; il apportait à Francia et à Théodore les pauvres effets qu'ils avaient laissés dans leur appartement du faubourg.

— Tout est arrangé, leur dit-il. J'ai payé votre loyer et vous ne devez rien à personne. J'ai renvoyé à M. Guzman Lebeau les objets que vous vouliez lui restituer. J'ai dit à votre ami Moynet ce qui était convenu. Il n'a pas été trop surpris ; il a paru seulement chagrin de n'avoir pas reçu vos adieux.

Deux grosses larmes tombèrent des yeux de Francia.

— Tranquillisez-vous, reprit Valentin ; il ne vous fait pas de reproche. J'ai tout mis sur mon compte. Je lui ai dit que vous deviez prendre la diligence pour Strasbourg à une heure et que vous n'aviez pas eu une minute à perdre pour ne pas manquer la voiture. Il m'a demandé mon nom. Je lui ai dit un nom en l'air et j'ai promis d'aller lui donner de vos nouvelles. Je l'ai laissé tranquille et joyeux.

Dodore admira Valentin et ne put s'empêcher de frapper dans ses mains en faisant une pirouette.

— Le jeune homme est content? dit Valentin en clignotant ; à présent, il faut songer à lui donner de l'occupation. Le prince désire qu'on ne le voie pas vaguer aux alentours. Je l'enverrai à un de mes amis qui a une entreprise de roulage hors Paris. Sait-il écrire?

— Pas trop, dit Francia.

— Mais il sait lire?

— Oui, assez bien. C'est moi qui lui ai appris. S'il voulait, il apprendrait tout! Il n'est pas sot, allez!

— Il fera les commissions, et peu à peu il se mettra aux écritures; c'est son affaire de s'instruire. Plus on est instruit, plus on gagne. Il sera logé et nourri en attendant qu'il fasse preuve de bonne volonté, et on lui donnera quelque chose pour s'habiller. Voici l'adresse et une lettre pour le patron. Quant à vous, ma chère enfant, vous êtes libre de sortir; mais, comme vous désirez rester cachée, ma femme vous apportera vos repas, et, si vous vous ennuyez d'être seule, elle viendra tricoter auprès de vous. Elle ne manque pas d'esprit, sa société est agréable. Vous pourrez prendre l'air au jardin le matin de bonne heure et le soir aussi; soyez tranquille, vous ne manquerez de rien et je suis tout à votre service.

Ayant ainsi réglé l'existence des deux enfants confiés à ses soins éclairés, M. Valentin se retira sans dire à Francia, qui n'osa pas le lui demander, quand elle reverrait le prince.

— Eh bien! te voilà content? dit-elle à son frère. Tu voulais travailler,... tu vas te faire un état!

— Bien sûr, que je veux travailler! répondit-il en frappant du pied d'un air résolu. Je suis content de ne rien devoir aux autres. Il y a assez longtemps que ça dure. Alors, je m'en vais, je prends un col blanc pour avoir une tenue présentable, un air comme il faut, et mes souliers neufs, puisqu'il y aura des courses à faire. Quand j'aurai besoin d'autre chose, je viendrai le chercher. Adieu, Fafa; je te laisse heureuse, j'espère !... D'ailleurs je reviendrai te voir.

— Tu t'en vas comme ça, tout de suite? dit Francia, dont le cœur se serra à l'idée de rester seule.

Elle n'était pas bien sûre de la fermeté de résolution de son frère. Habituée à le surveiller autant que possible, à le gronder quand il rentrait tard, elle l'avait empêché d'arriver au désordre absolu. N'allait-il pas y tomber maintenant qu'il ne craindrait plus ses reproches?

— Qu'est-ce que tu veux que je fasse ici? répondit-il le cœur gros; c'est joli, ici, c'est cossu même. J'y serais trop bien, je m'ennuierais, je serais comme un oiseau en cage. Il faut que je trotte, moi, que j'avale de l'air, que je voie des figures! Celle de ton prince ne me va guère, et la mienne ne lui va pas du tout. Et puis, c'est un étranger, un *coalisé!* Tu auras beau dire..., ça me remue le sang.

— C'est un ennemi, j'en conviens, dit Francia; mais sans lui tu ne m'aurais pas, et sans lui nous n'aurions pas de chance de retrouver notre mère.

— Eh bien! si on la retrouve, ça changera! Elle sera malheureuse, on travaillera pour la nourrir. Je m'en vais travailler!

— Vrai?

— Quand je te le dis!

— Tu m'as promis si souvent!

— A présent, c'est pour de vrai. Faut bien, à moins d'être méprisé!

— Allons, va! et embrasse-moi!

— Non, dit le gamin en enfonçant sa casquette

sur ses yeux; faut pas s'attendrir, c'est des bêtises !

Il sortit résolûment, se mit à courir jusqu'au
bout de la rue, s'arrêta un moment, étouffé par
les sanglots, et reprit sa course jusqu'à Vaugirard,
où il se mit à la disposition du patron à qui M. Valentin le recommandait.

Francia pleurait de son côté; mais elle prit courage en se disant :

— Sans tout cela, il ne serait pas encore décidé à se ranger, il se serait peut-être perdu ! Si
Dieu veut qu'il tienne parole, je ne regretterai pas
ce que j'ai fait.

Elle le regrettait pourtant sans vouloir se l'a-
vouer. Sa pauvre petite existence était boulever-
sée. Elle quittait pour toujours son petit coin de
Paris où elle était plus aimée que jugée dans un
certain milieu d'honnêtes gens; elle y avait attiré
plus d'attention que ne le comportait sa mince
position.

Une enfant de quinze ans échappée aux horreurs
de la retraite de Russie et au désastre de la Bé-

rézina, jolie, douce, modeste dans ses manières, assez fière pour n'implorer personne, assez dévouée pour se charger de son frère, ce n'était pas la première venue, et si on lui reprochait d'avoir des liaisons irrégulières, on l'excusait en voyant qu'elle ne voulait être à charge à personne.

L'égoïsme réclame toujours sa part dans les jugements humains. On repousse une mendiante qui vous dit :

— Donnez-moi pour que je ne sois pas forcée de me donner.

Et on a raison jusqu'à un certain point, car beaucoup exploitent lâchement cette prétendue répugnance à l'avilissement. On aime mieux que l'innocence succombe fièrement sans demander conseil, et qu'elle porte sans se plaindre la fatalité du destin.

Francia laissait donc derrière elle un groupe qu'elle appelait *le monde*, et qui était le sien. Elle se trouvait seule, ayant pour tout appui un étranger qui promettait de l'aimer, pour toute relation un inconnu, ce Valentin, dont la perversité, voilée

sous un air suffisant, lui inspirait déjà une vague
méfiance. Elle regarda son joli appartement sans
trop se demander si dans quelques jours les alliés
ne quitteraient point Paris, et ce qu'elle devien-
drait, si Mourzakine l'abandonnait. Cette prévision
ne lui vint pas plus à l'esprit qu'elle n'était venue
à Théodore. Elle défit ses paquets, rangea ses
hardes dans les armoires, se fit belle et se regarda
dans une psyché en acajou qui avait pour pieds
des griffes de lion en bronze doré. Elle admira le
luxe relatif que lui procurait son beau prince, les
affreux meubles plaqués de l'époque, les rideaux
de mousseline à mille plis drapés *à l'antique,* les
vases d'albâtre avec des jacynthes artificielles
sous verre, le sofa bleu à crépines orange, la petite pendule représentant un Amour avec un doigt
sur les lèvres; mais elle plaça sous ses yeux les
quelques chétifs bibelots que Valentin lui avait
apportés de chez elle, bien que, par leur pauvreté
vulgaire, ils fissent tache dans son nouveau logement. Ensuite elle se mit à la fenêtre pour admirer le beau jardin et les grands arbres; mais elle

le trouva triste en se rappelant les laides mansardes et les toits noirs qu'elle avait l'habitude de contempler. Elle chercha sur sa fenêtre le pot de réséda qu'elle arrosait soir et matin.

— Ah! mon Dieu, dit-elle, ce Valentin a laissé là-bas le réséda!

Et elle se remit à pleurer sur cet ensemble de choses à jamais perdues, dont la valeur lui devenait inappréciable, car il représentait des habitudes, des souvenirs et des sympathies qu'elle ne devait plus retrouver.

Que faisait Mourzakine pendant que le complaisant Valentin procédait à l'installation de sa maîtresse dans les conditions les plus favorables à leurs secrets rapports? Il était en train d'endormir les soupçons de son oncle. Ogokskoï avait revu madame de Thièvre à l'Opéra dans tout l'éclat de sa plantureuse beauté, il avait été la saluer dans sa loge: elle avait été charmante pour lui. Sérieusement 'pris d'elle, il était résolu à ne rien épargner pour supplanter son neveu. Mourzakine, sans renoncer à la belle Française, voulait paraître cé-

der le pas à l'oncle dont il dépendait absolument.

— Vous avez, lui dit-il, consommé ma disgrâce
hier à l'Opéra. Ma belle hôtesse n'a plus un regard
pour moi, et pour m'en consoler je me suis jeté
dans une moindre, mais plus facile aventure. J'ai
pris chez moi *une petite;* ce n'est pas grand'chose,
mais c'est parisien, c'est-à-dire coquet, gentil,
propret et drôle ; vous me garderez pourtant le
secret là-dessus, mon bon oncle ? Madame de
Thièvre, qui est passablement femme, me mépri-
serait trop, si elle savait que j'ai si vite cherché à
me consoler de ses rigueurs.

— Sois tranquille, Diomiditch, répondit Ogokskoï
d'un ton qui fit comprendre à Mourzakine qu'il
comptait le trahir au plus vite.

C'est tout ce que désirait ce prince sauvage,
doublé d'un courtisan rusé. Madame de Thièvre
était déjà prévenue ; elle savait ce qu'il avait plu
à Mourzakine de lui confier. Francia, selon lui,
était une pauvre fille assez laide dont il avait pitié
et à laquelle il devait un appui, puisque, dans

8

une charge de cavalerie, il avait « eu le malheur
d'écraser sa mère. » Il l'avait logée dans sa maison
en attendant qu'il pût lui procurer quelque ouvrage
un peu lucratif. Il avait arrangé et débité ce roman
avec tant de facilité, il avait tant de charme
et d'aisance à mentir, que madame de Thièvre,
touchée de sa sincérité et flattée de sa confiance,
avait promis de s'intéresser à sa protégée; et puis,
elle comprit que ce hasard amenait une combi-
naison favorable à la passion de Mourzakine
pour elle en détournant les soupçons de l'oncle
Ogokskoï.

Elle se prêtait donc maintenant à cette lâcheté
qui l'avait d'abord indignée : elle était secrètement
vaincue. Elle ne voulait pas se l'avouer; mais elle
se laissait aller, avec une alternative d'agitation et
de langueur, à tout ce qui pouvait assurer sa défaite sans compromettre le prince.

Quant à lui, ce n'était plus en un jour qu'il
espérait désormais triompher d'elle. Il craignait
un retour de dépit et de fierté, s'il brusquait les
choses. Il se donnait une semaine pour la convain-

cre, il pouvait prendre patience : Francia lui
plaisait réellement.

Le soir, en soupant avec elle dans sa petite
chambre, il se mit à l'aimer tout à fait. Il était
capable d'aimer tout comme un autre, de cet amour
parfaitement égoïste qui se prodigue dans l'ivresse
sauf à s'éteindre dans les difficultés ultérieures.
Il est vrai que dans l'ivresse il était charmant,
tendre et ardent à la fois. La pauvre Francia,
après lui avoir naïvement avoué l'effroi et le chagrin de son isolement, se mit à l'aimer de toute
son âme et à lui demander pardon d'avoir regretté
quelque chose, quand elle n'eût dû que ressentir
la joie de lui appartenir.

— Tenez, lui disait-elle, je n'ai jamais su jusqu'à
ce jour ce que c'est qu'aimer. Regardez-moi, je
n'invente pas cela pour vous faire plaisir !

En effet, ses yeux clairs et profonds, son sourire
confiant et pur comme celui de l'enfance, attes-
taient une sincérité complète. Mourzakine était
trop pénétrant, trop méfiant, pour s'y tromper. Il
se sentait aimé pour lui-même dans toute l'accep-

tation de ce terme banal qui avait été son rêve, et qui devenait une rare certitude. Il se surprenait par moments à ressentir, lui aussi, quelque chose de plus doux que le plaisir. Il possédait une âme, et il étudiait avec surprise cette espèce de *petite âme française* qui lui parlait une langue nouvelle, langue incomplète et vague qui ne se servait pas des mots tout faits à l'image des femmes du monde, et qui était trop inspirée pour être élégante ou correcte.

Elle dormit deux heures, la tête sur son épaule, mais, avec le jour, elle s'éveilla chantant comme les oiseaux. Elle n'était pas habituée à ne pas voir lever le soleil. Elle avait besoin de marcher, de sortir, de respirer. Ils montèrent en voiture, et elle le conduisit à Romainville, qui était alors le rendez-vous des amants heureux. Le bois était encore désert. Elle ramassa des violettes et en remplit le dolman bombé sur la poitrine du prince tartare, puis elle les reprit pour les mettre classiquement sur son cœur. Ils déjeunèrent d'œufs frais et de laitage. Elle était en même temps folâ-

tre et attendrie ; elle avait la gatté gracieuse et
discrète, rien de vulgaire. Ils causaient beaucoup.
Les Russes sont bavards, les Parisiennes sont
babillardes. Il était étonné de pouvoir causer avec
elle, qui ne savait rien, mais qui savait tout,
comme savent les gens de toute condition à Paris,
par le perpétuel ouï-dire de la vie d'expansion et
de contact. Quel contraste avec les peuples
qui, n'ayant pas le droit de parler, perdent le be
soin de penser! Paris est le temple de vérité où
l'on pense tout haut et où l'on s'apprend les uns
aux autres ce que l'on doit penser de tout. Mourzakine était émerveillé et se demandait presque
s'il n'avait pas mis la main sur une nature
d'exception. Il était tenté de le croire, surtout en
voyant la bonté de cœur qui caractérisait Francia.
Sur quelque sujet qu'il la mît, elle était toujours
et tout naturellement dans le ton de l'indulgence,
du désintéressement, de la pitié compatissante.
Cette nuance particulière, elle la devait à ce qu'elle
avait souffert et vu souffrir dans une autre phase
de sa vie.

8.

— Eh quoi ! lui disait-il dans la voiture en revenant, pas un mauvais sentiment, pas d'envie pour
les riches, pas de mépris pour les coupables ? Tu
es toute douceur et toute simplicité, ma pauvre
enfant, et si les autres Françaises te ressemblent,
vous êtes les meilleurs êtres qu'il y ait au
monde.

Il avait peu de service à faire et il prétendit en
avoir un très-rude pour se dispenser de paraître à
l'hôtel de Thièvre. Il lui semblait qu'il ne se plaisait plus avec personne autre que Francia, qu'il ne
se soucierait plus d'aucune femme. Il l'aima exclu-
sivement pendant trois jours. Pendant trois jours,
elle fut si heureuse qu'elle oublia tout et ne
regretta rien. Il était tout pour elle ; elle ne croyait
pas qu'un bonheur si grand ne dût pas être éternel. Tout à coup elle ne le vit plus, et l'effroi
s'empara d'elle. Un grand événement était survenu.
Napoléon, malgré l'acte d'abdication, venait de
faire un mouvement de Fontainebleau sur Paris.
Il avait encore des forces disponibles, les alliés
ne s'étaient pas méfiés. Enivrés de leur facile

conquête, ils oubliaient dans les plaisirs de Paris que les hauteurs qui lui servaient alors de défense naturelle n'étaient pas gardées. L'annonce de l'approche de l'empereur les jeta dans une vive agitation. Des ordres furent donnés à la hâte, on courut aux armes. Paris trembla d'être pris entre deux feux. Mourzakine monta à cheval, et ne rentra ni le soir ni le lendemain.

Pour rassurer Francia, Valentin lui apprit ce qui se passait. Ce fut pour elle une terreur plus grande que celle de son infidélité, ce fut l'effroi des dangers qu'il allait courir. Elle savait ce que c'est que la guerre. Elle avait maintes fois vu comment une poignée de Français traversait alors les masses ennemies, ou se repliait après en avoir fait un carnage épouvantable.

— Ils vont me le tuer ! s'écria-t-elle ; ils vont reprendre Paris et ils ne feront grâce à aucun Russe !

Elle se tordit les mains et fit peut-être des vœux pour l'ennemi. Elle était dans cette angoisse, quand le soir son frère entra chez elle.

— Je viens te faire mes adieux, lui dit-il; ça va chauffer, Fafa, et cette fois j'en suis! L'âge n'y fait rien. On va barricader les barrières pour empêcher messieurs les ennemis d'y rentrer, aussitôt qu'ils en seront tous sortis, et quand l'AUTRE leur aura flanqué une peignée, nous serons là derrière pour les recevoir à coups de pierres, avec des pioches, des pinces, tout ce qu'on aura sous la main. On ira tous dans le faubourg, on n'a pas besoin d'ordres, on se passera d'officiers, on fera ses affaires soi-même.

Il en dit long sur ce ton. Francia, les yeux agrandis par l'épouvante, les mains crispées sur son genou, ne répondait rien : elle voyait déjà morts les deux seuls êtres qui lui fussent chers, son frère et son amant.

Elle chercha pourtant à retenir Théodore. Il se révolta.

— Tu voudrais me voir lâche? Tu ne te souviens déja plus de ce que tu me disais si souvent: Tu ne seras jamais un homme! Eh bien! m'y voilà, j'en suis un. J'étais parti pour travailler; mais

tous ceux qui travaillent veulent se battre et je
suis aussi bon qu'un autre pour taper dans une
bagarre. Y a pas besoin d'être grand et fort pour
faire une presse; les plus lestes, et j'en suis, sau-
teront en croupe des Cosaques et leur planteront
leur couteau dans la gorge. Les femmes en seront
aussi : elles entassent des pavés dans les maisons
pour les jeter par la fenêtre; qu'ils y viennent, on
les attend !

Francia, restée seule, sentit que son cerveau se
troublait. Elle descendit au jardin et se promena
sous les grands arbres sans savoir où elle était :
elle s'imaginait par moments entendre le canon ;
mais ce n'était que l'afflux du sang au cerveau qui
résonnait dans ses reilles. Paris était tranquille,
tout devait se passer en luttes diplomatiques et,
après une dernière velléité de combat, Napoléon
devait se résigner à l'île d'Elbe.

Tout à coup Francia se trouva en face d'une
femme grande, drapée dans un châle blanc, qui se
glissait dans le crépuscule et qui s'arrêta pour la
regarder; c'était madame de Thièvre, qui, connais-

sant les localités et traversant le jardin de madame
de S..., son amie absente, venait s'informer de
Mourzakine. Elle aussi était inquiète et agitée. Elle
· voulait savoir s'il était rentré ; elle avait déjà envoyé deux fois Martin, et, n'osant plus lui montrer son angoisse, elle venait elle-même, à la faveur des ombres du soir, regarder si le pavillon
était éclairé.

En voyant une femme seule dans ce jardin où
personne du dehors ne pénétrait, la marquise ne
douta pas que ce ne fût la jeune protégée du
prince et elle n'hésita pas à l'arrêter en lui disant :

— Est-ce vous, mademoiselle Francia ?

Et comme elle tardait à répondre, elle ajouta :

— Ce ne peut être que vous ; n'ayez pas peur de
me parler. Je suis une proche parente du prince
et je viens savoir si vous avez de ses nouvelles.

Francia ne se méfia point et répondit qu'elle
n'en avait pas. Elle ajouta imprudemment qu'elle
s'en tourmentait beaucoup et demanda si on se
battait aux barrières :

— Non, Dieu merci! dit la marquise ; mais peut-être y a-t-il quelque engagement plus loin. Vous n'êtes pas rassurée, je vois cela; vous êtes très attachée au prince? N'en rougissez pas, je sais ce qu'il a fait pour vous et je trouve que vous avez bien sujet d'être reconnaissante.

— Il vous a donc parlé de moi? dit Francia, stupéfaite.

— Il l'a bien fallu, puisque vous êtes venue lui parler chez moi. Je devais bien savoir qui vous étiez!

— Chez vous ?... Ah! oui, vous êtes la marquise de Thièvre. Il faut me pardonner, madame, j'espérais,... à cause de ma mère...

— Oui, oui, je sais tout, mon cousin m'a donné tous les détails. Eh bien! votre pauvre mère, il n'y a plus d'espoir, et c'est pour cela...

— Plus d'espoir? Il vous a dit qu'il n'y avait plus d'espoir?

— Il ne vous a donc pas dit la vérité, à vous?

— Il m'a dit qu'il écrirait, qu'on la retrouverait

peut-être! Ah! mon Dieu, il m'aurait donc
trompée!

— Trompée? pourquoi vous tromperait-il ?...

Madame de Thièvre fit cette interpellation
d'un ton qui effraya la jeune fille ; elle baissa la
tête et ne répondit pas : elle pressentait une
rivale.

— Répondez donc! reprit la marquise d'un ton
plus âpre encore... Est-il votre amant, oui ou
non?

— Mais, madame, je ne sais pas de quel droit
vous me questionnez comme ça !

— Je n'ai aucun droit, dit madame de Thièvre
en reprenant possession d'elle-même et en mettant un sourire dans sa voix. Je m'intéresse à vous,
parce que vous êtes malheureuse, d'un malheur
exceptionnel et bizarre. Votre mère a été écrasée
sous les pieds du cheval de Mourzakine et c'est
lui justement qui vous adopte et vous recueille !
C'est tout un roman cela, ma petite, et si l'amour
s'en mêle,... ma foi, le dénoûment est neuf, et je
ne m'y serais pas attendue!

Francia ne dit pas une parole, ne fit pas entendre
un soupir. Elle s'enfuit comme si elle eût été
mordue par un serpent, et laissant madame de
Thièvre étourdie de sa disparition soudaine, elle
remonta dans sa chambre, où elle se laissa tomber
par terre et passa la nuit dans un état de torpeur
ou de délire dont elle ne put rien se rappeler le
lendemain.

Au demi-jour pourtant elle se traîna jusqu'à son
lit, où elle s'endormit et fit des rêves horribles.
Elle voyait sa mère étendue sur la neige et le pied
du cheval de Mourzakine s'enfonçant dans son
crâne, qu'il emportait tout sanglant comme l'an-
neau d'une entrave. Ce n'était plus qu'un informe
débris ; mais cela avait encore des yeux qui regar-
daient Francia, et ces yeux effroyables, c'é-
taient tantôt ceux de sa mère et tantôt ceux de
Théodore.

III

Au milieu de ces rêves affeux, Francia s'éveilla en criant. Il faisait grand jour. Madame Valentin l'entendit, entra chez elle, et voulut savoir la cause de son agitation : Francia fit un effort pour lui répondre ; mais elle ne voulait pas se confier à cette femme, et madame Valentin fut réduite à parler toute seule.

— Voyez-vous, ma chère enfant, lui disait-elle, si c'est parce que vous craignez la guerre, vous avez tort ; il n'y aura plus de guerre. Le tyran sera mis dans une tour où on prépare une cage de fer. Nos bons alliés sont en train de s'emparer de sa personne, et votre cher prince n'aura pas une

égratignure : les cartes me l'ont dit hier soir. Ah!
vous l'aimez bien, ce beau prince! Je comprends
ça. Il vous aime aussi, à ce qu'il paraît. M. Valentin
me disait hier : C'est singulier comme ces Russes se
prennent d'amour pour nos petites Françaises! Ça
ne ressemble pas du tout aux fantaisies de notre
ancien maître, qui avait fait arranger l'appartement
où vous voilà pour mener sans bruit ses petites affaires de cœur. Eh bien! il en changeait comme de
cravate, et il y tenait si peu, si peu, qu'il oubliait
quelquefois de renvoyer l'une pour faire entrer
l'autre. Alors, ça amenait des scènes, et même des
batailles ; il y avait de quoi rire, allez! Mais le
prince n'est pas si avancé que ça; c'est un homme
simple, capable de vous épouser, si vous avez l'esprit de vous y prendre. Vous ne croyez pas? ajouta-
t-elle en voyant tressaillir Francia. Ah! dame, ce
n'est pas tout à fait probable; pourtant on a vu de
ces choses-là. Tout dépend de l'esprit qu'on a, et
je ne vous crois pas sotte, vous! Vous avez l'air
distingué, et des manières... comme une vraie demoiselle. Quel malheur pour vous d'avoir écouté

ce perruquier! sans cela, voyez-vous, tout serait possible. Vous me direz que bien d'autres ont fait fortune sans être épousées, c'est encore vrai. Le prince parti, vous en retrouverez peut-être un autre de même qualité. Ça fait très-bien d'avoir été aimée d'un prince, ça efface le passé, ça vous fait remonter dans l'opinion des hommes. Allons, ne vous tourmentez pas; M. Valentin connaît le beau monde, et si vous voulez vous fier à lui, il est capable de vous donner de bons conseils et de bonnes relations.

Madame Valentin bavardait plus que ne l'eût permis son prudent mari. Francia ne voulait pas l'écouter; mais elle l'entendait malgré elle, et la honte de se voir protégée et conseillée par de telles gens lui faisait davantage sentir l'horreur de sa situation.

— Je veux m'en aller! s'écria-t-elle en sortant de son lit et en essayant de s'habiller à la hâte; je ne dois pas rester ici!

Madame Valentin la crut prise de délire et la fit recoucher, ce qui ne fut pas difficile, car les forces

lui manquaient et la pâleur de la mort était sur ses
joues. Madame Valentin envoya son mari chercher
un médecin. Valentin amena un chirurgien qu'il
connaissait pour avoir été soigné par lui d'une plaie
à la jambe, et qui exerçait la médecine, depuis
qu'estropié lui-même il n'était plus attaché effec-
tivement à l'armée. C'était un ancien élève et un
ami dévoué de Larrey. Il avait la bonté et la simplicité de son maître, et même il lui ressemblait
un peu, circonstance dont il était flatté. Aussi ai-
dait-il à la ressemblance en copiant son costume et
sa coiffure; comme lui, il portait ses cheveux
noirs assez longs pour couvrir le collet de son
habit. Comme lui, du reste, il avait la figure
pâle, le front pur, l'œil vif et doux. Francia s'y
trompa au premier abord, car ses souvenirs étaient
restés assez nets, et, en le voyant auprès d'elle,
elle s'écria en joignant les mains :

— Ah! monsieur Larrey, je vous ai souvent vu
là-bas!

— Où donc? répondit le docteur Faure, que l'erreur de Francia toucha profondément.

— En Russie !

— Ce n'est pas moi, mon enfant, je n'y étais pas ; mais j'y étais de cœur avec *lui !* Voyons, quel mal avez-vous ?

— Rien, monsieur, ce n'est rien, c'est le chagrin. J'ai eu des rêves, et puis je me sens faible ; mais je n'ai rien et je veux m'en aller d'ici.

— Vous voyez, docteur, dit la Valentin, elle déraisonne ; elle est ici chez elle et elle y est fort bien.

— Laissez-moi seule avec elle, dit le docteur. Vous paraissez l'effrayer. Je n'ai pas besoin de vous pour savoir si elle a le délire.

La Valentin sortit.

— Monsieur le docteur, dit Francia recouvrant une vivacité fébrile, il faut que vous m'aidiez à retourner chez nous ! Je suis ici chez un homme qui m'a tué ma mère !

Le docteur fronça légèrement le sourcil ; l'étrange révélation de la jeune fille ressemblait beaucoup à un accès de démence. Il lui toucha le pouls ; elle avait la fièvre, mais pas assez pour l'inquiéter.

Il lui fit boire un peu d'eau, l'engagea à se tenir calme un instant et l'observa; puis, la questionnant avec ordre, laconisme et douceur, il fut frappé de la lucidité et de la sincérité de ses réponses. Au bout de dix minutes, il savait toute la vie de Francia, et se rendait un compte exact de sa situation.

— Ma pauvre enfant, lui dit-il, il ne me paraît pas certain que ce prince russe soit le meurtrier de votre mère. Vous avez pu être trompée par une rivale, à l'effet de vous faire souffrir ou de rompre vos relations avec son amant; mais je suis pour le proverbe *Dans le doute, abstiens-toi!* Vous ferez donc bien, dans quelques heures, ce soir,... quand vous pourrez sortir sans inconvénient pour votre santé, de vous en aller d'ici.

Francia fit un geste d'angoisse.

— Vous n'avez rien, je sais, reprit le docteur, et vous ne voulez plus rien recevoir de ce prince. Moi, je ne suis pas riche, je suis même pauvre; mais je connais de bonnes âmes qui, sans même savoir votre nom et votre histoire, me donneront un secours suffisant pour vous permettre d'aller loger ailleurs. Dame! après ça, il faudra bien essayer de travailler!

— Mais, monsieur, je travaille! Voyez, mon ouvrage est là. J'ai des pièces à finir et à renvoyer.

— Oui, dit le docteur, des gilets de flanelle! Je sais ce que ça rapporte. Ce n'est pas assez; il faut entrer dans quelque hospice ou dans tout autre établissement public pour travailler à la lingerie avec des appointemens fixes. Je m'occuperai de vous. Si vous êtes courageuse et sage, vous vous tirerez honnêtement d'affaire; sinon, je vous en avertis, je vous abandonnerai. Je vois qu'en ce moment vous avez de bonnes intentions; je vais vous mettre à même d'y donner suite. Tâchez de dormir une heure, à présent que vous voyez le moyen de réparer votre faute. Et puis vous vous lèverez, vous vous habillerez tout doucement, et je viendrai vous prendre pour vous conduire au logement provisoire que vous voudrez choisir. Il me fau. deux ou trois jours au plus pour vous caser.

9.

Francia lui baisa les mains en le quittant. Elle était si pressée de s'en aller qu'elle ne put dormir; elle se leva, réussit à se débarrasser des obsessions de la Valentin, s'enferma et se mit à refaire ses paquets, croyant à chaque instant entendre revenir le bon docteur qui devait délivrer sa conscience au prix d'une aumône dont elle ne rougissait plus.

A deux heures, elle entendit frapper à sa porte; elle y courut, ouvrit, et se trouva dans les bras de Mourzakine qui, la saisissant comme une proie, la couvrait de baisers.

— Laissez-moi! laissez-moi! s'écria-t-elle en se débattant; je vous hais, je vous ai en horreur! Laissez-moi, vous avez le sang de ma mère sur les mains, sur la figure; je vous déteste! ne me touchez pas, ou je vous tuerai, moi!

Elle s'enfuit au fond de sa chambre, cherchant avec égarement le couteau dont elle avait coupé son pain pour déjeuner. Valentin, entendant ses cris, était monté.

— Prince, disait-il, ne l'approchez pas, c'est un

transport au cerveau. Je vous le disais bien, elle
déraisonne depuis ce matin. Je l'ai entendue dire
au médecin qu'elle ne voulait pas rester chez un
homme qui avait tué sa mère ; or je vous demande
un peu...

— Allez-vous-en ! flanquez-moi la paix, dit le
prince en mettant Valentin dehors et en s'enfer-
mant avec Francia.

Puis, allant à elle, il ouvrit son dolman en lui
présentant son poignard :

— Tue-moi, si tu crois cela, lui dit-il ; tu vois !
c'est très-facile, je ne t'en empêcherai pas. J'aime
mieux la mort que ta haine ; mais auparavant dis-
moi qui t'a fait ce lâche et stupide mensonge ?

— Elle ! votre autre maîtresse !

— Je n'ai pas d'autre maîtresse que toi.

— La marquise de Thièvre, votre prétendue
cousine !

— Elle est fort peu ma cousine, et pas du tout
ma maîtresse.

— Mais elle le sera !

— Non, si tu m'aimes ! J'ai été un peu épris

d'elle, le premier jour. Le second jour, je t'ai vue ;
le troisième, je t'ai aimée : je ne peux plus aimer
que toi.

— Pourquoi dit-elle que vous avez tué...

— Pour t'éloigner de moi ; elle est peut-être
piquée, jalouse, que- sais-je? Elle a menti, elle a
arrangé l'histoire de tes malheurs, qu'il m'a bien
fallu lui raconter le jour où tu es venue me parler
chez elle ; mais je peux te jurer par mon amour
et le tien que je n'étais pas à l'endroit où tu as été
blessée et où ta mère a péri !

— Elle a donc péri ! Vous le saviez et vous me
trompiez?

— Devais-je te mettre la mort dans l'âme quand
tu conservais de l'espérance? D'ailleurs est-on
jamais absolument sûr d'un fait de cette nature?
Mozdar a vu tomber ta mère ; mais il ne sait pas,
il ne peut pas savoir si elle n'a pas été relevée
vivante encore, comme tu l'étais après l'affaire.
J'ai écrit, nous saurons tout. Je ne t'ai jamais dit
de compter sur un bon résultat ; mais tu dois savoir que je suis humain, puisque je t'ai sauvée, toi !

Francia sentit tomber sa fièvre et sa colère.

— C'est égal, dit elle, je veux m'en aller, le docteur l'a dit : « — Dans le doute, abstiens-toi ! »

— Quel docteur ? de quel âne me parles-tu ? as-tu fait la folie de te confier à quelqu'un ?

— Oui, dit Francia, j'ai tout raconté à un très-brave monsieur, un ami du docteur Larrey que madame Valentin m'a amené. Il va venir me chercher.

Pressée par les questions de Mourzakine, elle raconta son entretien avec M. Faure.

— Et tu crois, s'écria le prince, que je te permettrai de me quitter avec l'aumône des âmes charitables du quartier ? Toi, si fière, tu passerais à l'état de mendiante ? Non ! voilà un billet de banque que je mets sous ce flambeau. Quand tu voudras partir, tu pourras le faire sans rien devoir à personne, sans me consulter, sans m'avertir ; donc tu n'es plus retenue par rien que par l'idée de me briser le cœur. Va-t'en, si tu veux, tout de suite ! Je ne souffrirai pas longtemps, va ; si la guerre

recommence, je me ferai tuer à la première affaire
et je ne regretterai pas la vie. Je me dirai que j'ai
été heureux pendant trois jours dans toute mon
existence. Ce bonheur a été si grand, si délicieux,
si complet, qu'il peut compter pour un siècle !

Mourzakine parlait avec tant de conviction ap-
parente que Francia tomba dans ses bras en pleu-
rant.

— Non ! dit-elle, ce n'est pas possible qu'un
homme si bon et si généreux ait jamais tué une
femme ! Cette marquise m'a trompée ! Ah ! c'est
bien cruel ! Pourvu qu'elle ne te dise pas quelque
chose contre moi qui me fasse haïr de toi, comme
je te haïssais tout à l'heure !

— Moquons-nous d'elle, dit le prince.

Et, faisant aussi bon marché de madame de Thièvre qu'il avait fait de Francia en parlant d'elle à la
marquise, il jura qu'elle était trop grande, trop
grasse, trop blonde, et qu'il ne pouvait souffrir
ces natures flamandes privées de charme et de feu
sacré. Il n'en savait rien du tout, mais il savait
dire tout ce qui le menait à ses fins. La bonne

Francia n'était pas vindicative, mais une femme aime toujours à entendre rabaisser sa rivale. Les hommes le savent, et souvent une raillerie les disculpe mieux qu'un serment. Mourzakine ne se fit faute ni de l'un ni de l'autre, et peut-être se persuada-t-il qu'il disait la vérité.

— Voyons, dit-il à sa petite amie quand il eut réussi à lui arracher un sourire, tu t'es ennuyée d'être seule, tu as eu des idées noires, je ne veux pas que tu sois malade ; achève de t'habiller, nous allons sortir en voiture. J'ai vu aux Champs-Élysées des petites maisons où l'on mange comme si on était à la campagne. Allons dîner ensemble dans une chambre bien gaie, et puis à la nuit nous nous promènerons à pied. Ou bien veux-tu aller au spectacle ? dans une petite loge d'en bas où tu ne seras vue de personne ? Valentin nous suivra. Nous nous arrangerons pour que tu ne sois pas vue au bras d'un étranger en uniforme, puisque tu crains de passer pour traître envers ta patrie ! Nous irons où tu voudras, nous ferons ce que tu voudras, pourvu que je te voie me sourire comme l'autre jour. Je donnerais ma vie pour un sourire de toi !

Pendant qu'elle s'habillait, on apporta des cartons où elle dut choisir rubans, écharpes, voiles, chapeaux et gants. Elle accepta moitié honteuse, moitié ravie. Elle était prête, elle était parée, émue, heureuse, quand le docteur reparut. Elle redevint pâle. Le prince reçut M. Faure avec une politesse railleuse.

— Votre petite malade est guérie, lui dit-il, elle sait que je n'ai massacré personne de sa famille. Nous allons sortir ; veuillez me dire, docteur, ce que je vous dois pour vos deux visites.

— Je ne venais pas chercher de l'argent, répondit M. Faure, j'en apportais, je croyais avoir une bonne action à faire ; mais puisque j'ai été, selon ma coutume, dupe de ma simplicité, je remporte mon aumône et je vais chercher à la mieux placer.

Il s'en alla en haussant les épaules et en jetant à Francia confuse un regard de moquerie méprisante qui lui alla au fond du cœur comme un coup d'épée. Elle cacha sa tête dans ses mains, et resta comme brisée sous une humiliation que personne jusqu'alors ne lui avait infligée.

— Voyons, lui dit le prince, vas-tu être malheureuse avec moi, quand je fais mon possible pour te distraire et t'égayer ! Te sens-tu malade ? veux-tu te recoucher et dormir ?

— Non ! s'écria-t-elle en lui saisissant le bras ; vous vous en iriez chez cette dame !

— Te voilà jalouse encore ?

— Eh bien ! oui, je suis jalouse malgré tout ce que vous m'avez dit, je suis jalouse malgré moi ! Ah ! tenez, je souffre bien ; je sens que je suis lâche d'aimer un ennemi de mon pays ! Je sais que pour cela je mérite le mépris de tous les honnêtes gens. Ne dites rien, allez, vous le savez bien vous-même, et peut-être que vous me méprisez aussi au fond du cœur. Peut-être qu'une femme de votre pays ne se donnerait pas à un militaire français ; mais je supporterai cette honte, si vous m'aimez, parce que cette chose-là est tout pour moi ; seulement il faut m'aimer ! Si vous me trompiez !.....

Elle fondit en larmes. Le prince, voyant l'éner-

gie de cette affection dans un être si faible, en fut
touché.

— Tiens, lui dit-il en reprenant le poignard
persan qu'elle avait jeté sur la table, je te donne
ce bijou ; c'est un bijou, tu vois ! c'est orné de
pierres fines, et c'est assez petit pour être caché
dans le mouchoir ou dans le gant. Ce n'est pas
plus embarrassant qu'un éventail ; mais c'est un
joujou qui tue, et en te l'offrant tout à l'heure je
savais très-bien qu'il pouvait me donner la mort.
Garde-le, et perce-moi le cœur, si tu me crois infidèle !

Il disait ce qu'il pensait en ce moment-là. Il
n'aimait pas la marquise ; il lui en voulait même.
Il était content de ne pas se soucier de sa personne, qu'elle lui avait trop longtemps refusée,
selon lui.

Francia, rassurée, examina le poignard, le trouva joli, et s'amusa de la possession d'un bijou si
singulier ; elle le lui rendit pourtant, ne sachant
qu'en faire et frémissant à l'idée de s'en servir
contre lui. Elle était prête à sortir. Mourzakine

l'entraîna, lui fit oublier sa blessure en la caressant et la gâtant comme un enfant malade. Ils allèrent dîner aux Champs-Élysées, et puis il lui demanda quel théâtre elle préférait. Elle se sentait faible, elle avait à peine mangé, et par moments elle avait des frissons. Il lui proposa de rentrer. Elle le voyait disposé à s'amuser du bruit et du mouvement de Paris ; il avait copieusement dîné, lui, bu d'autant. Elle craignit de le priver en acceptant de prendre du repos, et céda au désir qu'il paraissait avoir d'aller à Feydeau entendre les chanteurs en vogue. L'Opéra-Comique était alors fort suivi et généralement préféré au grand Opéra. C'était un théâtre de bon ton, et Mourzakine n'était pas fâché, tout en écoutant la musique, de pouvoir lorgner les jolies femmes de Paris. Il envoya en avant Valentin pour louer une loge de rez-de-chaussée, et, quand ils arrivèrent, le dévoué personnage les attendait sous le péristyle avec le coupon. Francia baissa son voile, prit le bras de Valentin et alla s'installer dans la loge, où peu d'instants après le prince vint la rejoindre.

Quand elle se vit tête à tête avec lui dans cette
niche sombre, où, en se tenant un peu au second
plan, elle n'était vue de personne, elle se rassura.
En jetant les yeux sur ce public où pas une figure
ne lui était connue, elle sourit de la peur qu'elle
avait eue d'y être découverte, et elle oublia tout
encore une fois, pour ne sentir que la joie d'être
dans un théâtre, dans la foule, parée et ravie, dans
le souffle chaud et vivifiant de Paris artiste, seule
et invisible avec son amant heureux. C'était la sécurité, l'impunité dans la joie, car Francia, élevée
dans les coulisses du spectacle ambulant, aimait le
théâtre avec passion. C'est en l'y menant quelquefois que Guzman l'avait enivrée. Elle aimait surtout
la danse, bien que sa mère, en lui donnant les
premières leçons, l'eût souvent torturée, brisée,
battue. Dans ce temps-là, certes elle détestait l'art
chorégraphique; mais depuis qu'elle n'en était
plus la victime résignée, cet art redevenait charmant dans ses souvenirs. Il se liait à ceux que sa
mère lui avait laissés. Elle était fière de s'y connaître un peu et de pouvoir apprécier certains

pas que Mimi La Source lui avait enseignés. On jouait, je crois, *Aline, reine de Golconde*. Si ma mémoire me trompe, il importe peu. Il y avait un ballet. Francia le dévora des yeux, et, bien que les danseuses de Feydeau fussent de second ordre, elle fut enivrée jusqu'à oublier qu'elle avait la fièvre. Elle oublia aussi qu'elle ne voulait pas être vue avec un étranger ; elle se pencha en avant, tenant naïvement le bras de Mourzakine et l'entraînant à se pencher aussi pour partager un plaisir dont elle ne voulait pas jouir sans lui.

Tout à coup elle vit immédiatement au-dessous d'elle une tête crépue, dont le ton rougeâtre la fit tressaillir. Elle se retira, puis se hasarda à regarder de nouveau. Elle dut prendre note d'une grosse main poilue qui frottait par moments une nuque bovine, rouge et baignée de sueur. Enfin elle distingua le profil qui se tournait vers elle, mais sans que les yeux ronds et hébétés parussent la voir. Plus de doute, c'était Antoine le ferblantier, le neveu du père Moynet, l'amoureux que Théodore lui avait conseillé d'épouser.

Elle fut prise de peur. Était-ce bien lui? Que venait-il faire au théâtre, lui qui n'y comprenait rien, et qui était trop rangé pour se permettre un pareil luxe? L'acte finissait. Quand elle se hasarda à regarder encore, il n'était plus là. Elle espéra qu'il ne reviendrait pas, ou qu'elle avait été trompée par une ressemblance. Antoine avait une de ces têtes pour ainsi dire classiques par leur banalité, qu'on ne rencontre plus guère aujourd'hui dans les gens de sa classe. Les types tendent à se particulariser sous l'action d'aptitudes plus personnelles. A cette époque, un ouvrier de Paris n'était souvent qu'un paysan à peine dégrossi, et si quelque chose caractérisait Antoine, c'est qu'il n'était pas dégrossi du tout.

Mourzakine sortit pour aller chercher des oranges et des bonbons. Francia l'attendit en se tenant d'abord bien au fond de la baignoire; mais elle s'ennuya, et, voyant la salle à moitié vide, le parterre vide absolument, elle s'avança pour se donner le plaisir de regarder la toile. En ce moment, elle se trouva face à face avec le regard doux et le

timide sourire d'Antoine qui rentrait, et qui la reconnaissait parfaitement. Il était trop naïf pour
croire déplacé de lui adresser la parole. Bien au
contraire, il eût pensé faire une grossièreté en ne
lui parlant pas.

— Comment donc, mademoiselle Francia, lui
dit-il, c'est vous? Je vous croyais bien loin ! Vous
voilà donc revenue ? Est-ce que votre maman...

— Je l'ai rencontrée en route, répondit Francia
avec la vivacité nerveuse d'une personne qui ne
sait pas mentir.

— Ah ! bien, bien ! vous êtes revenues ensemble ? Et Dodore, il est revenu aussi ?

— Oui, il est là avec moi, il vient de sortir, dit
Francia, qui ne savait plus ce qu'elle disait.

— Tant mieux, tant mieux ! reprit pesamment
Antoine. A présent, vous voilà contents, vous voilà
heureux, car vous êtes habillée,... très-bien habillée, très-jolie ! Et la santé est bonne ?

— Oui, oui, Antoine, merci !

— Et la maman ? sans doute qu'elle a fait fortune là-bas, dans les voyages?

Et Antoine soupira bruyamment en croyant dissimuler son chagrin.

Francia comprit ce soupir: Antoine se disait qu'il ne pouvait plus aspirer à sa main. Elle saisit ce moyen de le décourager.

— C'est comme cela, mon bon Antoine, reprit-elle; maman a fait fortune, et nous partons demain pour les pays étrangers, où elle a du bien.

— Demain, déjà ! vous partez demain ! mais vous viendrez bien dire adieu à mon oncle, qui vous aime tant ?

— J'irai, bien sûr, mais ne lui dites pas que vous m'avez vue; il aurait du chagrin de savoir que je vais au spectacle avant de courir l'embrasser.

— Je ne dirai rien. Allons ! adieu, mademoiselle Francia; est-ce demain que vous viendrez chez l'oncle? Je voudrais bien savoir l'heure, pour vous dire adieu aussi.

— Je ne sais pas l'heure, Antoine, je ne peux pas décider l'heure... Je vous dis adieu tout de suite.

— J'aurais voulu voir votre maman. Est-ce qu'elle va rentrer dans votre loge?

— Je ne sais pas! dit Francia, inquiète et impatientée. Qu'est-ce que ça vous fait de la voir? Vous ne la connaissez pas!

— C'est vrai! D'ailleurs je ne peux pas rester. Il est déjà tard, et il faut que je sois levé avec le jour, moi!

— Et puis le spectacle ne vous amuse sûrement pas beaucoup?

— C'est vrai, que ça ne m'amuse guère; les chansons durent trop longtemps, et ça répète toujours la même chose. J'étais venu rapporter à ce théâtre une commande de pièces de réflecteurs, et comme je ne demandais pas de pourboire, ils m'ont dit dans les coulisses:

— Voulez-vous une place debout, à l'entrée du parterre? J'ai trouvé une place assis. J'ai regardé, mais j'en ai assez, et puisque vous voilà riche,... c'est-à-dire puisque vous viendrez...

10

— Oui, oui, Antoine, j'irai voir votre oncle.
Adieu ! portez-vous bien !

Antoine soupira encore et s'en alla ; mais,
comme il traversait le couloir, il vit le beau prince
russe qui entrait familièrement dans la loge de
Francia, et une faible lumière se fit dans son
esprit, lent à saisir le sens des choses. Je ne sais
s'il était capable de débrouiller tout seul le pro-
blème, mais l'instinct du caniche lui fit oublier
qu'il voulait s'en aller. Il resta à flâner sous le péristyle du théâtre.

Francia n'osa raconter à son prince la rencontre
qui venait de la troubler et de l'attrister profondément, car, si elle n'avait que de l'effroi pour l'a-
mour d'Antoine, elle n'en était pas moins touchée
de sa confiance et de son respect.

— Il croit des choses impossibles à croire, se
disait-elle, et ce n'est pas tant parce qu'il est
simple que parce qu'il m'estime plus que je ne
vaux !

Et puis, ce vieux ami, ce limonadier à la jambe
de bois, qu'elle n'avait pas embrassé en partant,

qu'elle n'avait pas eu le courage de tromper, et qui l'attendrait tous les jours jusqu'au moment où, las d'attendre, il prononcerait sur elle l'arrêt que méritent les ingrats!

Mourzakine lui apportait des friandises qu'elle se mit à grignoter en rentrant ses larmes. Le rideau se releva. Elle essaya de s'amuser encore, mais elle avait des éblouissements, des élancements au cœur et au cerveau; elle craignait de s'évanouir; elle ne put cacher son malaise.

— Rentrons! lui dit Mourzakine.

Elle ne voulait pas l'empêcher d'entendre toute la pièce. Elle espéra que cinq minutes d'air libre la remettraient. Il la conduisit sur le balcon du foyer, où elle se débarrassa de son voile et respira. Elle redevint gaie, confiante, et quand la cloche les avertit, sans songer à cacher son visage, elle retourna avec lui à sa loge.

Au moment où, après l'y avoir fait entrer, Mourzakine allait s'y placer auprès d'elle, une main lui frappa l'épaule, et le força à se retourner.

C'était l'oncle Ogokskoï qui, l'attirant dans le couloir, lui dit en souriant :

— Tu es là avec ta petite. Je l'ai aperçue ; mais je suis curieux de voir si elle est vraiment jolie.

— Non, mon oncle, elle n'est pas jolie, répondit à voix basse Mourzakine, qui frémissait de rage.

— Je veux entrer dans la loge, ouvre ! Fais donc ce que je te dis! ajouta le comte d'un ton sec qui ne souffrait pas de réplique.

Mourzakine lutta comme on peut lutter contre le pouvoir absolu.

— Non, cher oncle, dit-il en affectant une gaîté qu'il était loin de ressentir, je vous en prie, ne la voyez pas. Vous êtes un rival trop dangereux; vous m'avez mis au plus mal avec la belle marquise, laissez-moi ce petit échantillon de Paris, qui n'est vraiment pas digne de vous.

— Si tu dis la vérité, reprit tranquillement le comte, tu n'as rien à craindre. Allons, ouvre cette porte, te dis-je, ou je l'ouvrirai moi-même.

Mourzakine essaya d'obéir, il ne put le faire ; il

se sentit comme paralysé. Ogokskoï ouvrit la loge et, laissant la porte ouverte pour y faire pénétrer la lumière du couloir, il regarda très-attentivement Francia, qui se retournait avec surprise. Au bout d'un instant, il revint à son neveu en disant:

— Tu m'as menti, Diomiditch, elle est jolie comme un ange. Je veux savoir à présent si elle a de l'esprit. Va-t'en là-haut saluer monsieur et madame de Thièvre.

— Là-haut? Madame de Thièvre est ici?

— Oui, et elle sait que tu t'y trouves. Je t'avais aperçu déjà, je lui ai annoncé que tu comptais venir la saluer. Va! va donc! m'entends-tu? Sa loge est tout juste au-dessus de la tienne.

Ogokskoï parlait en maître, et, malgré la douceur railleuse de ses intonations, Diomiditch savait très-bien ce qu'elles signifiaient. Il se résigna à le laisser seul avec sa maîtresse. Quel danger pouvait-elle courir en plein théâtre? Pourtant une idée sauvage lui entra soudainement dans l'esprit.

— Je vous obéis, répondit-il; mais permettez-

10.

moi de dire à ma petite amie qui vous êtes, afin qu'elle n'ait pas peur de se trouver avec un inconnu, et qu'elle ose vous répondre si vous lui faites l'honneur de lui adresser la parole.

Et, sans attendre la réponse, il entra vivement, et dit à Francia :

— Je reviens à l'instant ; voici mon oncle, un grand personnage, qui a la bonté; de prendre ma place,... tu lui dois le respect.

En achevant ces mots, que le comte entendait', il glissa adroitement à Francia le poignard persan qu'il avait gardé sur lui, et qu'il lui mit dans la main en la lui serrant d'une manière significative Son corps interceptait au regard d'Ogokskoï cette action mystérieuse, que Francia ne comprit pas du tout, mais à laquelle une soumission instinctive la porta à se prêter. Il hésitait toutefois à se retirer, quand Ogokskoï le poussa sans qu'il y parût, mais avec la force inerte et invincible d'un rocher qui se laisse glisser sur une barrière. Diomiditch dut céder la place et monter à la loge de madame de Thièvre, dont, sans autre explication, son oncle lui jeta le numéro en refermant la porte de celle de Francia.

La marquise le reçut très-froidement. Il l'avait trop ouvertement négligée ; elle le méprisait, elle le haïssait même. Elle le salua à peine et se retourna aussitôt vers le théâtre, comme si elle eût pris grand intérêt au dernier acte.

Mourzakine allait redescendre, impatient de faire cesser le tête-à-tête de son oncle avec Francia, quand le marquis le retint.

— Restez un instant, mon cher cousin, lui dit-il, restez auprès de madame de Thièvre : je suis forcé, pour des raisons de la dernière importance, de me rendre à une réunion politique. Le comte Ogokskoï m'a promis de reconduire la marquise chez elle ; il a sa voiture, et je suis forcé de prendre la mienne. Il va revenir, je n'en doute pas, veuillez donc ne quitter madame de Thièvre que quand il sera là pour lui offrir son bras.

M. de Thièvre sortit sans admettre que Mourzakine pût hésiter, et celui-ci resta planté derrière la belle Flore, qui avait l'air de ne pas tenir plus de compte de sa présence que de celle d'un laquais, tandis qu'il sentait sa moustache se hérisser de colère en songeant au méchant tour que son oncle venait de lui jouer. Il n'était pas sans crainte sur l'issue de cette mystification féroce, lorsqu'au bout de quelques instants il vit l'ouvreuse entr'ouvrir discrètement la loge et lui glisser une carte de visite de son oncle, sur le dos de laquelle il lut ces mots au crayon :

« Dis à madame la marquise qu'un ordre inattendu, venue de la rue Saint-Florentin, me prive du bonheur de la reconduire et me force à te laisser l'honneur de me remplacer auprès d'elle. Vous trouverez en bas mes gens et ma voiture. Je prends un fiacre, et je laisse la petite personne aux soins de M. Valentin, ton majordome, qui la reconduira chez toi. »

— Eh bien, pensa Mourzakine, il n'y a que demi-mal, puisqu'elle est débarrassée de lui! Elle sera jalouse, si elle me voit sortir avec la marquise; mais celle-ci me reçoit si mal qu'elle ne me gardera pas longtemps, et peut-être même ne me permettra-t-elle pas de l'accompagner.

Le spectacle finissait. Il offrit à madame de Thièvre le châle qu'elle devait prendre pour sortir.

— Où donc est le comte Ogokskoï? lui dit-elle sèchement.

Il lui expliqua la substitution de cavalier, et lui offrit son bras. Elle le prit sans répondre un mot. et comme, d'après son air courroucé, il hésitait à monter en voiture auprès d'elle, elle lui dit d'un ton impérieux :

— Montez donc! vous me faites enrhumer.

Il s'assit sur la banquette de devant, elle fit un mouvement de droite à gauche pour ne pas rester en face de lui et pour se trouver aussi loin de lui que possible.

Il n'en fut point piqué. Il aimait vraiment Francia, il ne songeait qu'à elle. Il l'avait cherchée des yeux à la sortie. Il n'avait vu ni elle, ni Valentin; mais cela n'était-il pas tout simple? Les specta-

teurs placés au rez-de-chaussée avaient dû s'é-
couler plus vite que ceux du premier rang. Une
seule chose le tourmentait, l'inquiétude et la jalousie de sa petite amie. Il ne doutait point que,
pour parfaire sa vengeance, Ogokskoï ne lui eût
dit en la quittant : — Mon neveu reconduit une
belle dame, ne l'attendez pas.

Mais Diomiditch comptait sur l'éloquence de
Valentin pour la rassurer et lui faire prendre patience. D'ailleurs elle était en fiacre, la voiture
louée par Ogokskoï allait très-vite. Il ne pouvait
manquer d'arriver en même temps que Francia
au pavillon.

Quand il eut fait ces réflexions, il en fit d'autres
relativement à la belle marquise. Il avait des torts
envers elle, elle était furieuse contre lui : devait-
il accepter platement sa défaite et l'humiliation
que son oncle lui avait ménagée ? Nul doute
qu'Ogokskoï n'eût dit à la marquise en quelle société il avait surpris son beau neveu, et qu'il n'eût
compté les brouiller à jamais ensemble pour se
venger de ne pouvoir rien espérer d'elle. Mourza-

kine se demanda fort judicieusement pourquoi la
marquise, qui affectait de le mépriser, l'avait appelé dans sa voiture au lieu de lui défendre d'y
monter. Il est vrai que cette voiture n'était pas la
sienne et qu'elle pouvait avoir peur de se trouver
à minuit dans un *remise* dont le cocher lui était
inconnu. Pourtant un de ses valets de pied était
resté pour l'accompagner, et il était sur le siége.
Elle n'avait nullement besoin de Mourzakine pour
rentrer sans crainte. Donc il lui plaisait d'avoir
Mourzakine à bouder ou à quereller. Il provoqua
l'explosion en se mettant à ses genoux et en se
laissant accabler de reproches jusqu'à ce que toute
la colère fût exhalée. Il eût volontiers menti effrontément si la chose eût été possible ; mais la
rencontre de la marquise avec Francia ne lui permettait pas de nier. Il avoua tout, seulement il mit
le tout sur le compte de la jeunesse, de l'empor-
tement des sens et de l'excitation délirante où
l'avaient jeté les rigueurs de sa belle cousine. Ce
reproche, qu'elle ne méritait guère, car elle ne
l'avait certes pas désespéré, fit rougir la marquise ;

mais elle l'écrasait en vain du poids de la vérité, elle perdit son temps à lui démontrer que tout ce qu'il lui avait dit de ses relations avec Francia était faux d'un bout à l'autre. Il coupa court aux explications par une scène de désespoir. Il se frappa la poitrine, il se tordit les mains, il feignit de perdre l'esprit en se montrant d'autant plus téméraire qu'il avait moins le droit de l'être. La marquise perdit l'esprit tout de bon et le défia de rester chez elle à attendre le marquis de Thiè\se jusqu'à deux où trois heures du matin, comme cela leur était déjà arrivé.

— Si vous êtes capable, lui dit-elle, de causer raisonnablement avec moi sans songer à celle qui vous attend chez vous, je croirai que vous n'avez pour elle qu'une grossière fantaisie et que votre cœur m'appartient. A ce prix, je vous pardonnerai vos folies de jeune homme, et, ne voulant de vous qu'un amour pur, je vous regarderai encore comme mon parent et mon ami.

Le prince s'était mis dans une situation à ne pouvoir reculer. Il baisa passionnément les mains de la marquise et la remercia si ardemment, qu'elle se crut vengée de Francia et le fit entrer chez elle en triomphe.

Elle se fit apporter du thé au salon, annonça à ses gens qu'ils eussent à attendre M. de Thièvre et à introduire les personnes qui pourraient venir de sa part lui apporter des nouvelles. La conspiration royaliste autorisait ces choses anormales dont les valets n'étaient point dupes, mais que le grave et politique Martin prenait au sérieux, se chargeant d'imposer silence aux commentaires des laquais du second ordre, lesquels étaient réduits à chuchoter et à sourire. Quant à lui, croyant fermement à des secrets d'État et comptant que sa prudence était un puissant auxiliaire aux projets de ses maîtres, il se tint dans l'antichambre, aux ordres de la marquise, et envoya les autres valets plus loin, pour les empêcher d'écouter aux portes.

Mourzakine avait assez étudié la maison pour se rendre compte des moindres détails. Il admira l'air dégagé et imposant avec lequel une femme

11

aussi jeune que la marquise savait jouer la comédie de la préoccupation politique pour s'affranchir
des usages et se débarrasser des témoins dangereux. Il se reprit de goût pour cette fière et aris-
tocratique beauté qui lui présentait un contraste
si tranché avec la craintive et tendre grisette. Il
pensa à son oncle, qui avait compté par ses rail-
leuses délations le brouiller avec l'une et avec
l'autre, et qui ne devait réussir qu'à lui assurer la
possession de l'une et de l'autre. Il jura à la marquise qu'il l'aimait *avec son âme,* qu'il la respectait
trop pour l'aimer autrement; mais il feignit d'être
fort jaloux d'Ogokskoï, et coupa court à ses récri-
minations en lui reprochant à son tour de vouloir
trop plaire à son oncle. Elle fut forcée de se justi-
fier, de dire que son mari était un ambitieux qui
la protégeait mal et qui l'avait prise au dépourvu
en invitant le comte à dîner chez elle, à l'accom-
compagner au théâtre et à la reconduire.

— Et vous-même, ajouta-t-elle, n'êtes-vous
pas un ambitieux aussi? Ne m'avez-vous pas négligée ces jours-ci pour ne pas déplaire à cet oncle

que vous craignez tant? ne m'avez-vous pas conseillée d'être aimable avec lui, de le ménager, pour qu'il ne vous écrasât pas de son courroux?

— La preuve, lui répondit Mourzakine, que je ne le crains pas pour moi, c'est que me voici à vos pieds jurant que je vous adore. Vous pouvez le lui redire. Un sourire de votre bouche de rose, un doux regard de vos yeux d'azur, et que je sois brisé après par le tsar lui-même, je ne me plaindrai pas de mon sort!

Diomiditch n'avait pas beaucoup à craindre que la marquise trahît sa propre défaite, devenue imminente; elle n'en fut pas moins dupe d'une bravoure si peu risquée, et se laissa adorer, supplier, enivrer et vaincre.

Les larmes et les reproches vinrent après la chute; mais il était fort tard, trois heures du matin peut-être. M. de Thièvre pouvait rentrer. Elle recouvra sa présence d'esprit, et sonna Martin.

— Le marquis ne rentre pas, lui dit-elle, il sera peut-être retenu jusqu'au jour; je suis fatiguée d'attendre, reconduisez le prince...

Mourzakine s'éloigna fier de sa victoire, mais impatient de revoir Francia, qu'il continuait à préférer à la marquise. Il avait, non pas des remords, il se fût méprisé lui-même s'il n'eût profité de l'occasion que lui avait fournie son oncle en croyant le perdre dans l'esprit de madame de Thièvre ; mais la douleur de Francia gâtait un peu son triomphe, et il avait hâte de la rejoindre pour l'apaiser. Il était aussi très-impatient d'apprendre ce qui s'était passé entre elle et le comte Ogokskoï. Il est étrange que, malgré sa pénétration et son expérience des procédés du cher oncle, il ne l'eût pas deviné. Il commençait pourtant à en prendre quelque souci en franchissant la rue sombre qui le ramenait à son pavillon.

Or ce qui s'était passé, s'il l'eût pressenti plus tôt, eût beaucoup gâté l'ivresse de sa veillée auprès de la marquise.

Reprenons la situation de Francia où nous l'avons laissée, c'est-à-dire en tête-à-tête avec Ogokskoï dans sa loge du rez-de-chaussée à l'Opéra-Comique.

D'abord il se contenta de la regarder sans rien lui dire, et elle, sans méfiance aucune, car Mourzakine lui avait fort peu parlé de son oncle, continua à regarder le spectacle, mais sans rien voir et sans jouir de rien. Elle sentait revenir une migraine violente dès que Mourzakine n'était plus auprès d'elle. Elle l'attendait comme s'il eût tenu le souffle de sa vie entre les mains, lorsque le comte lui annonça que son neveu venait de recevoir un ordre qui le forçait de courir auprès de l'Empereur.

— Ne vous inquiétez pas de votre sortie, lui dit-il, je me charge de vous mettre en voiture, ou de vous reconduire si vous le désirez.

· Ce n'est pas la peine, répondit Francia, toute attristée. Il y a M. Valentin qui m'attend avec un fiacre à l'heure.

— Qu'est-ce que c'est que M. Valentin?

—C'est une espèce de valet de chambre qui est pour le moment aux ordres du prince.

— Je vais l'avertir, reprit Ogokskoï, afin qu'il se trouve à la sortie.

Il alla sous le péristyle, où se tenaient encore
à cette époque tout un groupe d'industriels em-
pressés qui se chargeaient, moyennant quelque
monnaie, d'appeler ou d'annoncer les voitures de
l'aristocratie en criant à pleins poumons le titre
et le nom de leurs propriétaires. Ogokskoï dit au
premier de ces officieux d'appeler M. Valentin;
celui-ci apparut aussitôt.

— Le prince Mourzakine , lui dit Ogokskoï,
vous avertit de n'a pas l'attendre ici davantage;
remmenez la voiture, et allez l'attendre chez
lui.

Malgré sa puissante intelligence, Valentin ne se
douta de rien et obéit.

Le comte rentra dans les couloirs, écrivit à la
hâte le billet qui devait mettre son neveu aux arrêts forcés dans la loge de la marquise, et revint
dire à Francia que M. Valentin, n'ayant sans doute
pas compris les ordres de Mourzakine, était parti.

— En ce cas, répondit Francia, je prendrai tout
de suite un autre fiacre; je suis fatiguée, je voudrais rentrer.

Venez, dit le comte en lui offrant son bra:, qu'elle eut de la peine à atteindre, tant elle était petite et tant il était grand.

Il trouva très-vite un fiacre et s'y assit auprès d'elle en lui jurant qu'il ne laisserait pas une jolie fille adorée de son neveu sous la garde d'un cocher de *sapin*.

Il avait dit tout bas au cocher de prendre les boulevards et de les suivre au pas en remontant du côté de la Bastille. Francia, qui connaissait son Paris, s'aperçut bientôt de cette fausse route et en fit l'observation au comte.

— Qu'importe? lui dit-il; l'animal est ivre, ou il dort, nous pouvons causer tranquillement, et j'ai à causer avec vous de choses très-graves pour vous. Vous aimez mon neveu, et il vous aime; mais vous êtes libre, et il ne l'est pas. Une très· belle dame que vous ne connaissez pas...

— Madame de Thièvre! s'écria Francia frappée au cœur.

— Moi, je ne nomme personne, reprit le comte; il me suffit de vous dire qu'une belle dame a sur son cœur des droits antérieurs aux vôtres, et qu'en ce moment elle les réclame.

— C'est-à-dire qu'il est, non pas chez l'empereur, mais chez cette dame.

— Vous avez parfaitement saisi; il m'a chargé de vous distraire ou de vous ramener. Que choisissez-vous? Un bon petit souper au Cadran-Bleu, ou un simple tour de promenade dans cette voiture?

— Je veux m'en aller chez moi bien vite.

— Chez vous? Il paraît que vous n'avez plus de chez vous, et je vous jure que vous ne trouverez pas cette nuit mon neveu chez lui! Allons, pleurez un peu, c'est inévitable, mais pas trop, ma belle petite! Ne gâtez pas vos yeux qui sont les plus doux et les plus beaux que j'aie vus de ma vie. Pour un amant perdu, cent de retrouvés quand on est aussi jolie que vous l'êtes. Mon neveu a bien prévu que son infidélité forcée vous brouillerait avec lui, car il vous sait jalouse et fière. Aussi m'a-t-il approuvé lorsque je lui ai offert de vous consoler. Dites oui, et je me charge

de vous. Vous y gagnerez. Mourzakine n'a rien
que ce que je lui donne pour soutenir son rang,
et moi je suis riche! Je suis moins jeune que lui,
mais plus raisonnable, et je ne vous placerai jamais dans la situation où il vous laisse ce soir.
Allons souper ; nous causerons de l'avenir, et sachez bien que mon neveu me sait gré de l'aider
à rompre des liens qu'il eût été forcé de dénouer
lui-même demain matin.

Francia, étouffée par la douleur, l'indignation
et la honte, ne pouvait répondre.

— Réfléchissez, reprit le comte ; je vous aimerai
beaucoup, moi ! Réfléchissez vite, car il faut que
je m'occupe de vous trouver un gîte agréable, et
de vous y installer cette nuit.

Francia restait muette. Ogokskoï crut qu'elle
mourait d'envie d'accepter, et, pour hâter sa résolution, il l'entoura de ses bras athlétiques. Elle
eut peur, et, en se dégageant, elle se rappela la
manière étrange dont Mourzakine lui avait glissé
son poignard ; elle le sortit adroitement de sa ceinture, où elle l'avait passé en le couvrant de son châle.

11.

— Ne me touchez pas ! dit-elle à Ogokskoï ; je ne suis pas si méprisable et si faible que vous croyez.

Elle était résolue à se défendre, et il l'attaquait sans ménagements, ne croyant point à une vraie résistance, lorsqu'elle avisa tout à coup, à la clarté des réverbères, un homme qui avait suivi la voiture et qui marchait tout près.

— Antoine ! s'écria-t-elle en se penchant dehors.

A l'instant même la portière s'ouvrit, et, sans que le marchepied fût baissé, elle tomba dans les bras d'Antoine, qui l'emporta comme une plume. Le comte avait essayé de la retenir, mais on était alors devant la Porte Saint-Martin, et les boulevards étaient remplis de monde qui sortait du théâtre. Ogokskoï craignit un scandale ridicule ; il retira à lui la portière, poussa vivement son cocher de fiacre à doubler le pas, et disparut dans la foule des voitures et des piétons.

Francia était presque évanouie ; pourtant elle put dire à Antoine : — Allons chez Moynet.

Au bout d'un instant, reprenant courage, elle
put marcher. Ils étaient à deux pas de l'estaminet
de la *Jambe de bois* ; c'est ainsi que les gens du
quartier désignaient familièrement l'établissement
du sergent Moynet. Il était encore ouvert. L'invalide jeta un grand cri de joie en revoyant sa fille
adoptive ; mais, comme elle était pâle et défaillante,
il la fit entrer dans une sorte d'office où il n'y
avait personne et où il se hâta de l'interroger.
Elle ne pouvait pas encore parler ; il questionna
Antoine qui baissa la tête et refusa de répondre.

— Elle vous dira ce qu'elle voudra, dit-il ; moi,
je n'ai qu'à me taire !

Et comme il pensait bien qu'elle ne voudrait pas
s'expliquer devant lui, l'honnête garçon eut la patience et la délicatesse de renoncer à savoir la
vérité. Il se retira en disant à Francia :

— Je m'en vais aider le garçon à fermer l'établissement. Si vous avez quelque chose à me
commander, je suis là.

Francia, touchée profondément, lui tendit une
main qu'il serra dans les siennes avec une émotion

bien vive dont sa figure épaisse et tannée ne trahit pourtant rien.

— Voyons, parleras-tu ? dit en jurant Moynet à Francia, dès qu'ils furent seuls. Il y a quelque chose de louche dans tout ça ! Je n'ai rien dit ; mais je n'ai pas cru un mot de cette histoire du retour de ta mère, d'autant plus que j'ai su des choses qui ne m'ont pas plu. Pendant que je courais l'autre soir pour faire relâcher ton vaurien de frère, tu sortais malgré ma défense ; tu n'es rentrée qu'au jour, et ce même jour-là tu disparais sans me dire adieu ! Il faut avouer la vérité, entends-tu ? Si tu essayes encore de me tromper, je te méprise et je t'abandonne !

Francia se jeta à ses genoux en sanglotant. La dernière crise de cette cruelle soirée avait dissipé subitement sa migraine ; son cœur était plein d'une indignation énergique contre ces Russes qui avaient tenté de l'avilir. Elle raconta avec une grande netteté et une sincérité absolue l'histoire de ses relations avec Mourzakine. Ce fut avec une énergie égale, mais accentuée de nombreux jurons, que le sergent, tout en ménageant les reproches à la pauvre fille, flétrit la conduite des deux étrangers. Il ne voulut pas admettre de circonstances atténuantes en faveur du prince, et quand Francia essaya de se persuader à elle-même que sa conduite avait pu être moins coupable que le comte ne la lui avait présentée, Moynet s'emporta contre elle et se défendit de toute pitié pour le chagrin qui l'accablait.

— Tu es une sans cœur et une lâche, lui dit-il, tu as trahi ton pays et le souvenir de ta mère ! Tu t'es donnée à l'homme qui l'a tuée ! Il l'a dit à son autre maîtresse, ça doit être vrai, et à l'heure où nous sommes ils en rient ensemble, car elle est aussi canaille que lui et que toi ! Elle trouve ça drôle ! Ah ! les femmes ! comme c'est vil, et comme j'ai bien fait de rester garçon ! Tiens, finis de pleurer, fille entretenue par l'ennemi, ou je te mets sur le trottoir avec les autres !... Les autres ? Non, j'ai tort, j'oubliais,... les filles publiques valent mieux que toi ! Le jour de l'entrée des ennemis dans Paris, il n'y en a pas une qui se soit montrée sur le pavé... Ah! j'en rougis pour toi! pour moi aussi, qui t'ai ramenée de là-bas, et qui aurais mieux fait de te flanquer une balle dans la tête! Voilà un beau débris de la grande armée, voilà un bel échantillon de la déroute! Et comme ces ennemis doivent avoir une belle idée de nous!

Francia l'écoutait, le coude sur son genou, la joue dans sa main, la poitrine rentrée, les yeux fixes. Elle ne pleurait plus. Elle envisageait sa faute et commençait à y voir un crime. Ses affreuses visions de la nuit précédente lui revenaient. Elle contemplait, tout éveillée, la tête mutilée de sa mère et le cheval de Mourzakine galopant avec ce sanglant trophée.

— Papa Moynet, dit-elle à l'invalide, je vous en prie, ne dites plus rien; vous me rendrez folle!

— Si! Je veux dire, et je dirai encore, reprit Moynet, à qui elle avait oublié de faire savoir combien elle était malade depuis vingt-quatre heures : je ne t'ai jamais assez dit, je ne t'ai ja-

mais dit ce que je devais te dire! J'ai été trop
doux, trop bête avec toi. Tu m'as toujours dupé,
et ce qui arrive, c'est ma faute. Nom de nom! C'est
aussi la faute de la misère. Si j'avais eu de quoi te
placer, et le temps de te surveiller, et un endroit,
des personnes pour te garder! Mais avec une seule
jambe, pas un sou d'avance, pas d'industrie, pas
de famille, rien, quoi! je n'étais bon qu'à faire un
état de cantinière; grâce à un ami, j'ai pu louer
cette sacrée boutique, qui me tient collé comme
une image à un mur, et où je n'ai pas encore pu
joindre les deux bouts. Pendant ce temps-là,
mam'zelle, que je croyais si sage et qui logeait là-
haut dans sa mansarde, ne se contentait pas de
travailler. Il lui fallait des chiffons et des amuse-
ments. On se laissait mener au spectacle et à la
promenade avec les autres petites ouvrières, par
les garçons du quartier, qui faisaient des dettes à
leurs parents pour trimballer cette volaille. Je
t'avais dit plus d'une fois : N'y va pas; il t'arrivera
malheur! Tu me promettais tout ce que je voulais :
tu es douce, et on te croirait raisonnable ; mais tu

n'as pas de ça (Moynet frappait sur sa poitrine) ! Tu
n'as ni cœur, ni âme ! Une chiffe, quoi ! Un oiseau
qui ne veut pas de nid, et qui va comme le vent le
pousse. Tu as écouté des pas grand'chose, tu as
méprisé tes pareils, tu aurais pu épouser Antoine,
tu le pourrais peut-être encore ! Mais non, tu te
crois d'une plus belle espèce que ça. On a eu
une mère qui pirouettait sur les planches, devant les Cosaques, et on dit : Je suis artiste.
On se donne à un perruquier parce qu'il est
artiste, lui aussi ! Tiens, tout ce qui sort du
théâtre et tout ce qui y rentre, c'est des vagabonds
et des ambitieux ! On s'habille en princes et en
princesses, et on rêve d'être des rois et des empe-
reurs. J'ai vu ça à Moscou, moi; il y avait des
comparses de théâtre qui buvaient bien la goutte
avec nous, mais qui n'auraient jamais pris un fusil
pour se battre. Tu as été élevée dans ce monde-là,
et tu t'en ressens : tu seras toujours celle qui ne
fait rien d'utile et qui compte sur les autres pour
l'entretenir.

— Mon papa Moynet, dit Francia, humiliée et

brisée, je n'ai jamais été si bas que ça. Je n'ai jamais rien voulu recevoir de vous et de ceux qui
travaillent avec peine et sans profit. Voilà toute ma
faute, je n'ai pas voulu me mettre dans la misère
avec Antoine qui ne gagne pas assez pour être en
famille et qui aurait été malheureux. Ceux dont
j'ai accepté quelque chose n'auraient jamais trouvé
de maîtresses qui se seraient contentées d'aussi
peu que moi, et je ne suis jamais restée sans gagner quelques sous pour habiller mon frère; enfin
je ne me suis jamais égarée que par inclination :
vous ne m'avez jamais vue avec des riches, et vous
savez bien qu'il n'en manque pas pour nous offrir
tout ce que nous pourrions souhaiter.

—Je sais tout ça ; jusqu'à présent tu avais été plus
folle que fautive, c'est pourquoi je te pardonnais ;
je t'aimais encore, je ne souffrais pas qu'on dît du
mal de toi. Je me figurais que tu rencontrerais
quelque amant convenable dont tu saurais faire un
mari par ta gentillesse et ton bon cœur ; mais à
présent ! à présent, petite. quel honnête homme,
même amoureux de toi, voudrait prendre à tout

jamais le reste d'un Russe ! Ça sera bon pour un jour ou deux, la fantaisie de te promener, et puis il faudra passer de l'un à l'autre, jusqu'à l'hôpital et au trottoir !

— Si c'est comme ça que vous me consolez, dit Francia, je vois bien que je n'ai plus qu'à me jeter à l'eau !

— Non, ça ne répare rien du tout, ces bêtises-là ! on n'en a pas le droit ; un homme se doit à son pays, une femme se doit à son devoir.

— Quel devoir ai-je donc à présent, puisque vous me trouvez déshonorée, perdue ?

Moynet fut embarrassé, il avait été trop loin. Il n'était pas assez fort en raisonnement pour sortir de son dilemme. Il ne trouva qu'une issue. Ce fut de lui offrir le pardon et l'amour d'Antoine.

— Il n'y a, lui dit-il, qu'un homme assez bon et assez patient pour ne pas te repousser. Tu n'as qu'un mot à lui dire ; il n'est pas sans point d'honneur pourtant, mais il me consulte, et quand je lui aurai dit : « L'honneur peut aller avec le pardon, » il me croira. Voyons, finissons-en, je vais

l'appeler, et pendant que vous causerez tous deux,
j'irai mettre une paillasse pour moi dans le billard. Tu dormiras dans ma chambre sur un mate-
las ; demain nous verrons à te trouver une
mansarde.

Il sortit. Francia resta seule, effrayée, hésitante
quelques instants. Il fallait à Moynet le temps
d'avertir et de persuader son neveu. Si l'explication
eût été immédiate et prompte, Francia eût été sauvée. Attendrie par l'aveugle dévouement d'Antoine,
elle eût vaincu sa répugnance, sauf à mourir à la
longue dans ce milieu de gêne et de réalisme qui
froissait la délicatesse de ses goûts et de son orga-
nisation ; mais Antoine, qui s'était fait un devoir
d'attendre, ne savait pas veiller : c'était un rude
travailleur, chaque soir il tombait de fatigue. Pour
ne pas s'endormir, il avait allumé sa pipe et,
comme l'atmosphère chaude et visqueuse de la ta-
bagie le narcotisait, il était sorti pour marcher en
fumant ; il était assez loin dans la rue. Moynet envoya le garçon à sa recherche. Quand il fut revenu,
on s'expliqua ; mais, si vite que Moynet pût résu-

mer une situation tellement anormale, il fallut
quelques minutes pour s'entendre, et Francia
avait eu le temps de la réflexion.

— Il hésite, pensa-t-elle. Il ne se décide pas
comme cela tout d'un coup. Le temps se passe,
Moynet est obligé de lui dire beaucoup de paroles pour lui donner en moi une confiance
qu'il ne peut plus avoir. Ah ! voilà qui est plus
humiliant que toutes mes abjections ! Prendre pour maître un homme qui rougit de vous
aimer ! Non ! ce n'est pas possible, mieux vaut
mourir !

La porte de l'arrière-boutique était ouverte. Elle
s'élança dehors, elle courut comme une flèche.
Quand Antoine vint pour lui parler, elle était déjà
loin ; il la chercha au hasard toute la nuit. Il ne
savait pas où elle demeurait ; il lui fut impossible
de la rejoindre.

D'abord Francia, en proie au vertige du suicide,
ne songea qu'à gagner la Seine ; mais un instinct
plus fort que le désespoir, un vague sentiment
de l'amour que Mourzakine lui portait encore

l'arrêta au bord du parapet. Qui sait si le prince n'était pas innocent? Le comte avait peut-être tout inventé pour la perdre. C'était sans doute un homme indigne, infâme, puisqu'il avait voulu lui faire violence. Sans doute aussi Mourzakine le savait capable de tout, puisqu'il avait donné à Francia une arme pour se défendre. Ce poignard en disait beaucoup. Le prince n'avait pas voulu livrer sa maîtresse, puisqu'il avait fait cette action qui signifiait : tue-le, plutôt que de céder.

Avant de mourir, il fallait savoir la vérité, ne fût-ce que pour mourir avec moins de haine dans le cœur et de honte sur la tête.

Elle pouvait toujours en venir là; elle avait le poignard, elle le tira et regarda à la lueur du réverbère sa lame effilée sa fine pointe ; elle le regarda longtemps, elle perça le bout de sa ceinture de soie repliée en plusieurs doubles. Rien n'est plus impénétrable à l'acier, la plus forte aiguille s'y fût brisée; le stylet s'y enfonça sans que Francia fît le moindre effort.

—Eh bien ! se dit-elle, rien n'est plus facile que

de se mettre cela dans le cœur. Me voilà sûre d'en finir quand je voudrai. J'ai été blessée à la guerre; je sais que dans le moment cela ne fait pas de mal. Si on meurt tout de suite, on ne souffre pas! Elle roula trois fois autour de sa taille la belle écharpe de crêpe de Chine que Mourzakine lui avait fait choisir. Elle y cacha le poignard persan et reprit sa course jusqu'à l'hôtel de Thièvre, où elle voulait passer avant de se rendre au pavillon.

Il était trois heures du matin lorsqu'elle y arriva. Une voiture en sortait et se dirigeait vers la grille du jardin où le pavillon était situé. Elle suivit cette voiture qui allait vite; elle la suivit avec la puissance exceptionnelle que donne la surexcitation: elle arriva en même temps que Mourzakine en descendait. Elle se plaça de manière à n'être pas vue, et, profitant du moment où, après avoir ouvert la grille, Mozdar se présentait à la portière pour recevoir son maître, elle se glissa dans le jardin si rapidement et si adroitement, que ni le Cosaque, qui lui tournait le dos, ni le prince, qui avait le grand et gros corps du Cosaque devant les yeux, ne se doutèrent qu'elle fût entrée.

Elle s'élança dans le jardin, au hasard d'y rencontrer Valentin, qu'elle ne rencontra pas, alla droit à la chambre de Mourzakine et se cacha derrière les rideaux de son lit. Elle voulait le surprendre, voir sur lui le premier effet de son apparition, l'accabler de son mépris avant qu'il eût préparé une fable pour la tromper encore, et se tuer devant lui en le maudissant.

Mourzakine, en gagnant son appartement, avait déjà demandé à Mozdar si Francia était rentrée, et, sur sa réponse négative, il s'était dit :

— Voilà ! je m'en doutais ! mon oncle me l'a enlevée. Du moment où il a deviné que j'aimais mieux celle-ci que l'autre, il m'a laissé l'autre et s'est vengé en me prenant mon vrai bien !

Il rentra chez lui en proie à un accès de rage et de chagrin qui ne dura pourtant pas très-longtemps, car il était dans cette situation de l'esprit et du corps où le besoin de repos est plus impérieux que les secousses de la passion. Pourtant il voulut avant de se coucher connaître les circonstances de l'enlèvement, et, en homme qui paye cher toutes choses, il ne se gêna pas pour faire éveiller et appeler Valentin.

Francia observait tous ses mouvements, elle attendait qu'il fût seul. Elle voulait se montrer, quand Valentin entra. Mourzakine allait parler en français; allait-il parler d'elle? Elle écouta et ne perdit rien.

— Il paraît, mon cher, dit le prince à l'homme d'intrigues, que vous m'avez laissé voler ma petite amie! Je ne vous aurais pas cru si facile à tromper. Comment se fait-il que vous soyez rentré sur les minuit sans la ramener?

Valentin montra une très-grande surprise, et il était sincère. Il raconta comment le comte lui avait donné congé de la part du prince. Il était impossible de soupçonner un projet d'enlèvement.

— N'importe! vous avez manqué de pénétration. Un homme comme vous doit tout pressentir, tout deviner, et vous avez été joué comme un écolier.

— J'en suis au désespoir, Excellence; mais je

peux réparer ma faute. Que dois-je faire ? me voilà prêt.

— Vous devez retrouver la petite.

— Où, Excellence ? A l'hôtel Talleyrand ? Certes ce n'est pas là que le comte l'aura menée.

— Non ; mais je ne sais rien de Paris, et vous devez savoir où en pareil cas on conduit une capture de ce genre.

— Dans le premier hôtel garni venu. Votre oncle est un grand seigneur, il aura été dans un des trois premiers hôtels de la ville : je vais aller dans tous, et je saurai adroitement si les personnes en question s'y trouvent. Votre Excellence peut se reposer ; à son réveil, elle aura la réponse.

— Il faudrait faire mieux, il faudrait me ramener la petite. Mon oncle n'attendra pas le jour pour retourner à son poste auprès de notre maître ; il doit y être déjà, et je suis sûr que Francia aura la volonté de vous suivre.

— Votre Excellence est bien décidée à la reprendre après cette aventure ?

— Elle a résisté, je suis sûr d'elle !

12

— Et, après avoir échoué, le comte Ogokskoï n'aura pas de dépit contre Votre Excellence ? Elle n'a pas daigné me confier sa situation ; mais cela est bien connu à l'hôtel de Thièvre, où je vais souvent en voisin. Les gens de la maison m'ont dit que le comte Ogokskoï était un puissant personnage, que Votre Excellence était dans sa dépendance absolue... Je demande humblement pardon à Votre Excellence d'émettre un avis devant elle ; mais la chose est sérieuse, et je ne voudrais pas que mon dévouement trop aveugle pût m'être reproché par elle-même. Je la supplie de réfléchir une ou deux minutes avant de me réitérer l'ordre d'aller chercher mademoiselle Francia. Si mademoiselle Francia était bien contrariée de l'aventure, elle se serait déjà échappée, elle serait déjà ici.

Mourzakine fit un mouvement.

— Admettons, reprit vite Valentin, qu'elle se soit préservée ; elle peut réfléchir demain, et juger sa nouvelle position très-avantageuse. Admettons encore qu'elle soit tout à fait éprise de Votre Excellence et très-désintéressée, elle va être un sujet de litige bien grave! En la revoyant ici, et il l'y reverra, si vous ne la cachez ailleurs...

— Il faudra la cacher ailleurs, Valentin, il le faudra absolument!

— Sans doute, voilà ce que je voulais dire à Votre Excellence. Il ne faut donc pas que je ramène la petite ici?

— Non, ne la ramenez pas. Trouvez-lui une cachette sûre, et venez me dire où elle est.

— A la place de Votre Excellence, je ferais encore mieux. J'écrirais au comte un petit mot bien aimable pour lui demander s'il consent à renoncer à ce caprice, et comme il y renoncera certainement de bonne grâce, Votre Excellence n'aurait rien à craindre.

— Il n'y renoncera pas, Valentin!

— Et bien! alors, si j'étais le prince Mourzakine, j'y renoncerais. Je ne m'exposerais pas pour la possession d'une petite fille comme cela, l'amusement de quelques jours, au ressentiment d'un homme qui peut tout et qui tiendrait mon avenir dans le creux de sa main. Je tournerais mes vœux vers un objet plus désirable et plus haut placé. Certaine marquise qui n'est pas loin d'ici a envoyé trois fois le jour de la grande alerte...

— Valentin, taisez-vous, je ne vous ai pas parlé et je ne vous permets pas de me parler de celle-là.

— Votre Excellence a raison, et c'est parce qu'elle fait plus grand cas de l'une que de l'autre qu'elle ferait bien d'écrire à son oncle. Je porterais la lettre de bonne heure, j'apporterais la réponse. C'est le moyen de tout concilier, et je gage qu'en voyant la soumission de Votre Excellence, M. le comte ne se souciera plus autant de la petite. Peut-être même ne s'en souciera-t-il plus du tout.

— C'est possible, il faut réfléchir à tout. Retirez-vous, Valentin; à mon réveil, je vous dirai ce qu'il faut faire.

Et Mourzakine, incapable de résister davantage au sommeil, se déshabilla vite et tomba sur son lit où il s'endormit comme frappé de la foudre, car il ne prit pas même la peine de ramener ses couvertures sur sa poitrine.

Il dormait comme on dort à vingt-quatre ans, après une nuit d'agitation et de plaisir. Il faisait peut-être des rêves d'amour où tantôt la marquise, tantôt la grisette lui apparaissaient. Plus probablement il ne rêvait pas. Il était plongé dans l'anéantissement du premier sommeil. Francia sortit de sa cachette et marcha dans la chambre avec précaution, puis sans précaution ; il n'entendait rien. Elle tira les verrous de la porte, après avoir écouté les pas de Valentin qui s'éloignaient. Mozdar ne bougeait plus ; il couchait sous le péristyle, non dans un lit, les Cosaques ne connaissaient pas ce raffinement, mais sur un divan, sans se déshabiller, afin d'être toujours prêt à recevoir un ordre de son maître.

Francia s'assit sur une chaise et regarda Mourzakine. Comme il était calme ! Comme il l'avait oubliée ! Combien peu de chose elle était pour lui ! Il sortait des bras de la marquise, et déjà il ne se souciait presque plus de son petit oiseau bleu. Il le laissait au puissant Ogokskoï, il n'osait pas le lui disputer ; il essaierait, quand il aurait bien

12.

dormi, de se le faire rendre par une lâche suppli-
cation ; peut-être même ne l'essaierait-il pas du
tout!

Francia mesura l'abîme où elle était tombée. La
fièvre faisait claquer ses dents. Elle sentait son
cœur aussi glacé que ses membres. Elle repassa
dans son esprit encore lucide tous les événements
de la soirée : la soumission avec laquelle Mourzakine l'avait abandonnée au ravisseur était pour elle
le plus poignant affront. Guzman lui était infidèle
aussi, lui ; mais il lui faisait encore l'honneur d'être
brutalement jaloux. Il l'eût tuée plutôt que de la
céder à un autre. Mourzakine s'était contenté de
lui fournir un moyen de tuer son rival.

— Pourquoi a-t-il eu cette pensée, se dit-elle,
puisqu'à présent le voilà qui dort et ne se souvient
plus que j'existe? Sans doute qu'il hérite de son
oncle et qu'il m'aurait su gré de le faire hériter
tout de suite!

Elle eut un rire convulsif et crut entendre résonner à ses oreilles les paroles de l'invalide : « Il
a tué ta mère, *cela doit être vrai,* il rit de t'avoir

pour maîtresse malgré cela! il en rit avec son autre maîtresse, qui ne vaut pas mieux que lui. »

Francia se leva dans un transport d'indignation. Elle eut chaud tout à coup; cette chaleur dévorante se portait surtout à la tête, et il lui sembla qu'une lueur rouge remplissait la chambre. Elle tira le poignard, elle essuya la lame sans savoir ce qu'elle faisait.

— A présent, pensait-elle, je vais mourir; mais je ne veux pas mourir déshonorée. Je ne veux pas qu'on dise : Elle a été la maîtresse du Russe qui a tué sa mère, et elle l'aimait tant, cette misérable, qu'elle s'est tuée pour lui. J'ai si peu vécu! Je ne veux pas avoir vécu pour ne faire que le mal et pour amasser de la honte sur ma mémoire. Je veux qu'on me pardonne, qu'on m'estime encor quand je ne serai plus là. Je veux qu'on dise à mon frère :

« — Elle avait fait une lâcheté, elle l'a bien lavée, et tu peux être fier d'elle, tu peux la pleurer. Toi, qui voulais tuer des Russes, tu n'as pas trouvé l'occasion, elle l'a bien trouvée, elle! Elle a vengé votre mère! »

Que se passa-t-il alors ? Nul ne le sait. Francia se rassit, reprise par le froid et l'abattement. Elle contempla ce beau visage si tranquille qui semblait lui sourire ; la bouche était entr'ouverte, et, du milieu des touffes de la barbe noire, les dents éblouissantes de blancheur se détachaient comme une rangée de perles mates. Il avait les yeux grands ouverts fixés sur elle.

Il essaya de porter la main à sa poitrine, comme pour se débarrasser d'un corps étranger qui le gênait. Il n'en eut pas la force ; la main retomba ouverte sur le bord du lit. Il était frappé à mort. Francia n'en savait rien. Elle lui avait planté le poignard persan dans le cœur ; elle avait agi dans un accès de délire dont elle n'avait déjà plus conscience : elle était folle.

Mourzakine avait-il poussé un cri, exhalé une plainte? lui avait-il parlé, lui avait-il souri, l'avait-il maudite? Elle ne le savait pas. Elle n'avait rien entendu, rien compris ; elle croyait rêver, se débattre contre un cauchemar. Elle ne se souvenait plus d'avoir voulu se tuer. Elle se crut éveillée

enfin, et n'eut qu'une volonté instinctive, celle
de respirer dehors. Elle sortit de la chambre, traversa brusquement le vestibule sans que Mozdar
l'entendit, arriva à la grille, trouva la clé dans
la serrure, sortit dans la rue en refermant la porte
avec un sang-froid hébété, et s'en alla devant
elle sans savoir où elle était, sans savoir qui elle
était.

Mourzakine respirait encore; mais de seconde en
seconde, ce souffle s'affaiblissait. Il n'avait sans doute
éprouvé aucune souffrance; la commotion seule
l'avait éveillé, mais pas assez pour qu'il comprît,
et maintenant il ne pouvait plus comprendre. S'il
avait vu Francia, s'il l'avait reconnue, il ne s'en
souvenait déjà plus. Ce qui lui restait d'âme s'en-
volait au loin vers une petite maison au bord d'un
large fleuve. Il voyait des prairies, des troupeaux;
il reconnut le premier cheval qu'il avait monté,
et se vit dessus. Il entendit une voix qui lui
criait :

— Prends garde, enfant!

C'était celle de sa mère. Le cheval s'abattit, la

vision s'évanouit, le fils de Diomède ne vit et n'entendit plus rien : il était mort.

A l'heure où il avait l'habitude de s'éveiller, Mozdar entra chez lui, le crut endormi encore profondément et l'appela à plusieurs reprises son *petit père!* N'obtenant pas de réponse, il alla ouvrir les persiennes, et vit des taches rouges sur le lit. Il y en avait très-peu, la blessure n'avait presque pas saigné, le poignard était resté dans la poitrine, enfoncé peu profondément, mais il avait atteint la région où la vie s'élabore et se renouvelle. Il y avait eu étouffement rapide sans convulsion d'agonie. Le visage, calme, était admirable.

Aux cris et aux sanglots du Cosaque, Valentin accourut. Il envoya chercher la police et le docteur Faure. En attendant, il examina toutes choses. Par un hasard presque miraculeux, car à coup sûr elle n'avait songé à rien, Francia n'avait laissé aucune trace de sa courte présence dans la maison ni dans le jardin. La terre était sèche, il n'y avait pas la moindre empreinte. La clé de la grille était dans la serrure où Valentin se souvenait de l'avoir laissée. Mozdar jurait que personne n'avait pu passer dans le vestibule sans qu'il l'eût entendu. Le docteur Faure examina avec un autre chirurgien la blessure et en dressa procès-verbal. Son confrère conclut au suicide. Quant à lui, il n'y crut pas et ne voulut pas conclure. Il songea à Francia et ne la nomma point. Il n'était pas chargé de rechercher les faits : il se retira en pensant que cette petite avait plus d'énergie qu'il ne lui en avait supposé.

Valentin, qui craignait beaucoup d'être accusé, vit avec plaisir les soupçons se porter sur le pauvre Mozdar, qui était une excellente bête féroce apprivoisée, et qui pleurait à fendre l'âme. Le comte Ogokskoï, appelé en toute hâte, vint pleurer aussi sur son neveu, et son chagrin fut aussi sincère que possible chez un courtisan. Il fit arrêter Mozdar pour la forme ; mais quand il eut délibéré militairement sur son sort, il le disculpa et déclara que son pauvre neveu avait eu un chagrin d'amour qui l'avait porté à se donner la mort.

Il ne s'accusa pas tout haut de lui avoir causé ce chagrin ; mais il se le reprocha intérieurement et ne s'en consola qu'en se disant que le pauvre enfant avait la tête faible, l'esprit romanesque, le cœur trop tendre, enfin qu'il était dans sa destinée d'interrompre par quelque sottise la brillante carrière qui lui était ouverte.

Le tsar daigna plaindre le jeune officier. Autour de lui, quelques personnes se dirent tout bas que le comte Ogokskoï, jaloux de la jeunesse et de la beauté de son neveu, s'était trouvé en rivalité auprès de certaine marquise et s'était *fait* débarrasser de lui. L'affaire n'eut pas d'autre suite. Il n'y eut pas un des Russes logés ou campés à l'hôtel Talleyrand qui ne fît à Diomède Mourzakine cette oraison funèbre qui manque de nouveauté, mais qui a le mérite d'être courte :

— Pauvre garçon ! si jeune !

L'enterrement ne se fit pas avec une grande solennité militaire. Le suicide est toujours et partout une sorte de dégradation.

Le marquis de Thièvre suivit toutefois le cortége

funéraire de son cher cousin, disant à qui voulait l'entendre :

— Il était le parent de ma femme, nous l'aimions beaucoup, nous avons été si saisis par ce triste événement, que madame de Thièvre en a eu une attaque de nerfs.

La marquise était réellement dans un état violent. En revenant du cimetière, son mari lui dit tout bas :

— Je comprends votre émotion, ma chère ; mais il faut surmonter cela et rouvrir votre porte dès ce soir. Le monde est méchant, et ne manquerait pas de dire que vous pleurez trop pour qu'il n'y eût pas quelque chose entre vous et ce jeune homme. Calmez-vous ! je ne crois point cela ; mais il faut vous habiller et vous montrer : mon honneur l'exige !

La marquise obéit et se montra. Huit jours après, elle était plus que jamais lancée dans le monde, et peut-être un mois plus tard se disait-elle que le ciel l'avait préservée d'une passion trop vive, qui eût pu la compromettre.

13

Personne ne soupçonnait Francia, et, chose
étrange, mais certaine, Francia ne se soupçonnait
pas elle-même ; elle avait agi dans un accès de
fièvre cérébrale. Elle s'en était retournée instincti-
vement chez Moynet, elle s'était jetée sur un lit où
elle était encore, gravement malade, en proie au
délire depuis trois jours et trois nuits, et con-
damnée par le médecin qu'on avait mandé auprès
d'elle. Certes, la police française l'eût facilement
retrouvée, si Valentin l'eût accusée ; mais il n'y
songeait pas, il ne soupçonnait que le comte
Ogokskoï, qu'il détestait pour s'être joué de lui si
facilement et pour avoir réglé son mémoire après
le décès du jeune prince. Quand sa femme lui
disait que la petite avait pu s'introduire à leur insu
dans le pavillon la nuit de l'événement, il haus-
sait les épaules en lui répondant :

— Tout ça, c'est des affaires entre Russes, n'en
cherchons pas plus long qu'eux. Je sais que l'empereur de Russie n'aime pas qu'on voie les preu-
ves de la haine des Français contre sa nation. Silence sur la petite Francia : nous ne la reverrons

pas, elle n'est rien venue réclamer, elle nous a même laissé un billet de banque que le prince lui avait donné. Qu'il n'en soit plus question.

Une personne avait pourtant pressenti et comme deviné la vérité, c'était le docteur Faure. Le regard profondément navré que Francia avait fixé sur lui, le jour où il l'avait quittée avec mépris, lui était resté sur le cœur et pour ainsi dire devant les yeux ; ce pauvre petit être qui s'était fié à lui avec tant de candeur, et qui à une heure de là était retombé sous l'empire de l'amour, n'était pas une intrigante : c'était une victime de la fatalité. Qui sait si lui-même ne l'avait pas poussée au désespoir en voulant la sauver?

Il résolut de la retrouver, et, comme il avait bonne mémoire, il se rappela qu'en lui racontant toute sa vie, elle lui avait parlé d'un estaminet de la rue du Faubourg-Saint-Martin, et d'un invalide qui tenait l'établissement. Il s'y rendit, et trouva la jeune fille entre la vie et la mort. Son frère était auprès d'elle. Après l'avoir vainement cherchée chez Mourzakine, où il avait appris la ca-

tastrophe, il était retourné au faubourg Saint-Martin, certain qu'on y aurait de ses nouvelles.

Francia était dans une petite chambre humide
et misérable, qui ne recevait de jour que par une
cour de deux mètres carrés, sorte de puits formé
par la superposition des étages, et imprégné de
toutes les souillures et de toutes les puanteurs des
pauvres cuisines qui y déversaient leurs débris
dans les cuvettes des plombs. C'était la chambre
de Moynet, il n'en avait pas de meilleure à offrir, il
n'avait pas le moyen d'en louer une autre et de
payer une garde. Dodore heureusement ne quittait pas sa sœur d'un instant. Il la soignait avec un
dévouement et une intelligence qui réparaient bien
des choses. Il était comme transformé par quelques jours de fièvre patriotique et par la résolution
de travailler. Antoine, qui s'était arrangé pour
travailler cette semaine-là dans le voisinage, venait le matin, à midi et le soir, apporter tout ce
qu'il pouvait se procurer pour le soulagement de
la malade. La fruitière du coin, qui était une bonne
Auvergnate, parente d'Antoine, et qui aimait Fran-

cia, venait la nuit relayer Théodore, ou l'aider à
contenir les accès de délire de sa sœur. Francia ne
manquait donc ni de soins, ni de secours; mais
le contraste entre le lieu écœurant et sinistre où il
la trouvait, après l'avoir laissée dans une sorte d'o-
pulence, serra le cœur du docteur Faure. Il dut
faire allumer une chandelle pour voir son visage, et
après s'être bien informé de la marche suivie jusque-là par la maladie, il espéra la guérir, et revint
le lendemain. Peu de jours après, il la jugea hors
de danger. Théodore, qui secoua tristement la tête,
lui dit en causant tout bas avec lui dans un coin :

— S'il faut qu'elle vive comme la voilà, mieux
vaudrait pour elle qu'elle fût morte !

— Vous la croyez folle? dit le docteur.

—Oui, monsieur, car c'est quand la fièvre la quitte
un peu qu'elle a le moins sa tête. Avec la fièvre,
elle dit qu'elle a tué le prince russe, et nous
ne nous étonnons pas, c'est le délire ; mais quand
on la croit bien revenue de ça, elle vous dit
qu'elle a rêvé de mort, mais qu'elle sait bien que
le prince est vivant, puisqu'il est là endormi sur

un fauteuil, et que nous sommes aveugles de ne
pas le voir.

— Pourquoi donc lui avez-vous appris cette mort
dans la situation où elle est?

— Mais... c'est elle qui l'a apprise ici. Quand je
suis arrivé de Vaugirard, personne ne le savait. On
croyait qu'elle avait rêvé ça, et moi je leur ai dit
que c'était la vérité.

— Eh bien! mon garçon, vous avez eu tort.

— Pourquoi ça, monsieur le médecin?

— Parce qu'on pourrait soupçonner votre sœur,
et qu'il faut vous taire. A présent, le délire est
tombé, mais le cerveau est affaibli et halluciné
il faut l'emmener dans un faubourg qui soit un
peu la campagne, lui trouver une petite chambre claire et gaie avec un bout de jardin, du repos,
de la solitude, pas de voisins curieux ou bavards,
et vous, ne répétez à personne ce qu'elle vous
dira de sang-froid ou autrement sur le prince Mourzakine. Ne vous en tourmentez pas, n'en tenez
pas compte, laissez-lui croire qu'il est vivant,
jusqu'à ce qu'elle soit bien guérie.

— Je veux bien tout ça, dit Théodore ; mais le moyen ?

— Nous le trouverons, dit le docteur en lui remettant un louis d'avance. J'avais déjà récolté quelque chose pour votre sœur dans un moment où elle voulait quitter le prince. Je payerai donc cette petite dépense. Occupez-vous vite du changement d'air et de résidence ; demain elle pourra être transportée. La voiture la secouerait trop, j'enverrai un brancard, et vous me ferez dire où vous êtes, j'irai la voir dans la soirée.

Théodore fit les choses vite et bien. Il trouva ce qu'il cherchait du côté de l'hôpital Saint-Louis, près des cultures qui dans ce temps-là s'étendaient jusqu'à la barrière de la Chopinette. Le lendemain à midi, Francia fut mise sur le brancard et s'étonna beaucoup d'être enfermée dans la tente de toile rayée comme dans un lit fermé de rideaux qui marchait tout seul. Puis des idées sombres lui vinrent à l'esprit. Ayant entrevu, à travers les fentes de la toile, de la verdure et des arbres, tandis que son frère et Antoine marchaient tristement à sa droite et à sa gauche, elle crut qu'elle était morte, et qu'on la portait au cimetière. Elle se résigna, et désira seulement être enterrée auprès de Mour-zakine, qu'elle aimait toujours.

Pourtant cette locomotion cadencée et le sentiment d'un air plus pur, qui faisait frissonner la toile autour d'elle, lui causèrent une sorte de bien-être, et durant le trajet elle dormit complétement pour la première fois depuis son crime involontaire.

Elle fut couchée en arrivant, et dormit encore. Le soir, elle put répondre aux questions du docteur sans trop d'égarement, et le remercia de ses bontés : elle le reconnaissait. Elle n'osa pas lui demander s'il était envoyé par Mourzakine ; mais elle se souvint d'une partie des faits accomplis. Elle pensa qu'elle était, par ses ordres, transférée en lieu sûr, à l'abri des poursuites du comte, réunie à son frère, chargé de la protéger. Elle serra faiblement les mains du docteur, et lui dit tout bas comme il la quittait :

— Vous me pardonnez donc de ne pouvoir pas haïr ce Russe ?

Peu à peu elle cessa de le voir en imagination, et elle se souvint de tout, excepté du moment où elle avait perdu la raison. Comment pouvait-elle se retracer une scène dont elle n'avait pas eu conscience ? Elle avait fait tant de rêves affreux et insensés depuis ce moment-là, qu'elle ne distinguait plus dans ses souvenirs l'illusion de la réalité. Le docteur étudiait avec un intérêt scientifique ce phénomène d'une conscience pure et tranquille chargée d'un meurtre à l'insu d'elle-même. Il tenait à s'assurer de ce qu'il soupçonnait, et il lui fut facile de savoir de Francia, qu'elle s'était introduite chez son amant la nuit de sa mort. Elle se souvenait d'y être entrée, mais non d'en être sortie, et quand il lui demanda dans quels termes elle s'était séparée de lui cette nuit-là, il vit qu'elle n'en savait absolument rien. Elle avoua qu'elle avait eu l'intention de se tuer devant lui avec un poignard qu'il lui avait donné et qu'elle décrivit avec précision : c'était bien celui que le docteur avait aidé à retirer du cadavre. Elle croyait avoir encore ce poignard et le cherchait ingénument.

13.

Quand il demanda à la jeune fille si c'était Mourzakine qui l'avait détournée du suicide, elle essaya
en vain de se souvenir, et ses idées recommen-
cèrent à s'embrouiller. Tantôt il lui semblait que le
prince avait pris le poignard et s'était tué lui-
même, et tantôt qu'il l'en avait frappée.

— Mais vous voyez bien, ajouta-t-elle, que tout
cela c'est mon délire qui commençait, car il ne
m'a pas frappée, je n'ai pas de blessure, et il m'aime
trop pour vouloir me tuer. Quant à se tuer lui-
même, c'est encore un rêve que je faisais, car il
est vivant. Je l'ai vu souvent pendant que j'étais si
malade. N'est-ce pas qu'il est venu me voir? Ne
reviendra-t-il pas bientôt? Dites-lui donc que je
lui pardonne tout. Il a eu des torts; mais, puisqu'il est venu, c'est qu'il m'aime toujours, et moi,
j'aurais beau le vouloir, je ne réussirai jamais à ne
pas l'aimer.

Il fallut attendre la complète guérison de Francia pour lui apprendre que les alliés étaient partis après treize jours de résidence à Paris, et
qu'elle ne reverrait jamais ni Mourzakine, ni son

oncle. Elle eut un profond chagrin, qu'elle renferma, dans la crainte d'être accusée de lâcheté de cœur. Les reproches de l'invalide n'étaient pas sortis de sa mémoire, et, en perdant l'espérance, elle ne perdit pas le désir d'être estimée encore. Elle pria le docteur de lui procurer de l'ouvrage Il la fit attacher à la lingerie de l'hôpital Saint-Louis, où elle mena une conduite exemplaire. Les jours de grande fête, elle venait embrasser Moynet et tendre la main à Antoine, qui espérait toujours l'épouser. Elle ne le rebutait pas, et disait qu'ayant une bonne place elle ne voulait se mettre en ménage qu'avec quelques économies. Le pauvre Antoine en faisait de son côté, travaillait comme un bœuf et s'imposait toutes les privations possibles pour réunir une petite somme.

Théodore était occupé aussi. Il apprenait avec Antoine l'état de ferblantier. Il se conduisait bien, il se portait bien. L'enfant malingre et débauché devenait un garçon mince, mais énergique, actif et intelligent.

Dans le *quartier*, comme disaient Francia et son frère en parlant de cette rue du Faubourg-Saint-Martin qui leur était une sorte de patrie d'affection, on les remarquait tous deux, on admirait leur changement de conduite, on leur savait gré de s'être rangés à temps, on leur faisait bon accueil dans les boutiques et les ateliers. Moynet était fier de sa fille adoptive et la présentait avec orgueil à ceux de ses anciens camarades aussi endommagés que lui par la guerre, qui venaient boire avec lui à toutes leurs gloires passées.

Dans sa joie de trinquer avec eux, il oubliait souvent de leur faire payer leur dépense. Aussi ne faisait-il pas fortune ; mais il n'en était que plus gai quand il leur disait en montrant Francia :

— En voilà une qui a souffert autant que nous, et qui nous fermera les yeux !

Il s'abusait, le pauvre sergent. Il voyait sa fille adoptive embellir en apparence : elle avait l'œil brillant, les lèvres vermeilles; son teint prenait de l'éclat. Le docteur Faure s'en inquiétait, parce

qu'il remarquait une toux sèche presque conti-
nuelle et de l'irrégularité dans la circulation.
L'hiver qui suivit sa maladie, il constata qu'une
maladie plus lente et plus grave se déclarait, et
au printemps, il ne douta plus qu'elle ne fût
phthisique. Il l'engagea à suspendre son travail et
à suivre, en qualité de demoiselle de compagnie,
une vieille dame qui l'emmènerait à la campagne.

— Non, docteur, lui répondit Francia, j'aime
Paris, c'est à Paris que je veux mourir.

— Qui te parle de mourir, ma pauvre enfant?
Où prends-tu cette idée-là?

— Mon bon docteur, reprit-elle, je sens très-
bien que je m'en vais et j'en suis contente. On
n'aime bien qu'une fois, et j'ai aimé comme cela.
A présent, je n'ai plus rien à espérer. Je suis tout
à fait oubliée. Il ne m'a jamais écrit, il ne reviendra
pas. On ne vit pourtant pas sans aimer, et peut-
être que, pour mon malheur, j'aimerais encore;
mais ce serait en pensant toujours à lui et en ne
donnant pas tout mon cœur. Ce serait mal, et ça

finirait mal. J'aime bien mieux mourir jeune et ne pas recommencer à souffrir !

Elle continua son travail en dépit de tout, et le mal fit de rapides progrès.

Le 21 mars 1815, Paris était en fête, Napoléon, rentré la veille au soir aux Tuileries, se montrait aux Parisiens dans une grande revue de ses troupes, sur la place du Carrousel. Le peuple surpris, enivré, croyait prendre sa revanche sur l'étranger. Moynet était comme fou ; il courait regarder, dévorer des yeux son empereur, oubliant sa boutique et faisant résonner avec orgueil sa jambe de bois sur le pavé. Il savait bien que sa pauvre Francia était languissante, malade même, et ne pouvait venir partager sa joie.

— Nous irons la voir ce soir, disait-il en s'appuyant sur le bras d'Antoine, qu'il forçait à marcher vite vers les Tuileries. Nous lui conterons tout ça ! Nous lui porterons le bouquet de lauriers et de violettes que j'ai mis à mon enseigne !

Pendant qu'il faisait ce projet et criait *vive l'em-*

pereur ! jusqu'à complète extinction de voix, la pauvre Francia, assise dans le jardin de l'hôpital Saint-Louis, s'éteignait dans les bras d'une des sœurs qui croyait à un évanouissement et s'efforçait de la faire revenir. Quand son frère accourut avec le docteur Faure, elle lui sourit à travers l'effrayante contraction de ses traits, et, faisant un grand effort pour parler, elle leur dit :

— Je suis contente ; il est venu, il est là avec ma mère ! il me l'a ramenée !

Elle se retourna sur le fauteuil où on l'avait assise et sourit à des figures imaginaires qui lui souriaient, puis elle respira fortement comme une personne qui se sent guérie : c'était le dernier souffle.

Un jour que l'on discutait la question du libre arbitre devant le docteur Faure :

— J'y ai cru, dit-il, je n'y crois plus d'une manière absolue. La conscience de nos actions est intermittente, quand l'équilibre est détruit par des secousses trop fortes. J'ai connu une jeune fille faible, bonne, douce jusqu'à la passivité, qui a commis d'une main ferme un meurtre qu'elle ne s'est jamais reproché parce qu'elle ne s'en est jamais souvenue.

Et, sans nommer personne, il racontait à ses amis l'histoire de Francia.

UN BIENFAIT
N'EST JAMAIS PERDU

PROVERBE

PERSONNAGES

ANNA DE LOUVILLE.	M. DE VALROGER.
LOUISE DE TRÉMONT.	M. DE LOUVILLE.

Au château de Louville. — Un salon.

SCÈNE PREMIÈRE

LOUISE, ANNA.

ANNA, debout, agitée.

Enfin, tu diras ce que tu voudras, je refuse de le recevoir.

LOUISE, assise, brodant, calme.

Pourquoi?

ANNA.

Un homme qui compromet toutes les femmes est
l'ennemi naturel de toutes les femmes honnêtes.

LOUISE.

Dis-moi, je t'en prie, ce que signifie ce grand
mot-là : compromettre les femmes!

ANNA.

Est-ce sérieusement que tu me fais cette question de sauvage?

LOUISE.

Très-sérieusement. Je suis une sauvage.

ANNA.

Quelle prétention! Est-ce qu'il y a encore des
sauvages au temps où nous vivons? Il n'y en a
même plus à Carpentras.

LOUISE.

C'est pour ça qu'il y en a peut-être ailleurs. Tu
ne veux pas me répondre? C'est donc bien difficile?

ANNA.

C'est très-aisé. Un homme qui compromet les
femmes, c'est M. de Valroger.

LOUISE.

Ça ne m'apprend rien ; je ne le connais pas.

ANNA.

Tu ne l'as jamais vu ?

LOUISE.

Où l'aurais-je vu ? C'est un astre nouveau dans le monde de Paris, dont je ne suis plus depuis mon veuvage.

ANNA.

Eh bien ! moi qui habite ce château depuis deux mois, je ne connais pas non plus ce monsieur, mais mon mari le connaît ; il dit que c'est un vrai marquis de la régence.

LOUISE.

Bah ! c'est une race perdue. M. de Louville s'est moqué de toi.

ANNA.

Qui sait ? Je suis sûre qu'il me blâmerait beaucoup de le recevoir en son absence.

LOUISE.

Alors tu as bien fait de le renvoyer ; parlons d'autre chose.

ANNA.

Oh ! mon Dieu, rien ne nous empêche de parler
de lui.

LOUISE.

Nous n'avons rien à en dire, ne le connaissant
ni l'une ni l'autre.

ANNA.

D'autant plus que, si nous le connaissions, nous
en dirions du mal.

LOUISE.

Réjouissons-nous donc de ne pas aimer les épi-
nards, car si nous les aimions...

ANNA, allant à une fenêtre et regardant.

Oh ! que tu as de vieilles facéties ! — Tiens, il
est affreux !

LOUISE.

Qui ?

ANNA.

Lui, M de Valroger, ce beau séducteur ; il est
très-laid.

LOUISE.

Comment se fait-il qu'il soit dans ton parc, sachant que tu ne reçois pas ?

ANNA.

Il aura voulu voir au moins mon parc, et, comme le jardinier ne sait pas refuser vingt francs... Je le chasserai.

LOUISE.

Le jardinier ?

ANNA.

Certainement. Il aura reçu de l'argent pour fournir à ce monsieur le moyen de m'apercevoir.

LOUISE.

Voilà de l'argent bien mal employé !

ANNA.

Ah ! tu trouves que ma figure ne vaut pas la dépense ?

LOUISE.

Si fait, mais il aurait dû se dire qu'il la verrait pour rien !

ANNA, fermant brusquement le rideau.

Il ne m'a pas vue.

LOUISE.

C'est qu'il n'aura pas voulu! Alors il a moins de curiosité que toi.

ANNA.

Tu n'es pas curieuse, toi, de voir un homme dont on parle tant? Il est là, tout près!

LOUISE.

Au fait, la vue n'en coûte rien. (Elle va à la fenêtre et regarde.) Franchement, eh bien! je ne suis pas de ton avis. Il est très-agréable.

ANNA.

Agréable! comme monsieur le bourreau de Paris!

LOUISE, revenant.

Ah! mais, tu le détestes, ce pauvre M. de Valroger!

ANNA.

Et toi, tu le protéges?

LOUISE.

Contre qui?

ANNA.

Je ne sais pas, mais enfin tu meurs d'envie que je le reçoive.

LOUISE.

Ça vaudrait peut-être mieux que de s'en priver avec tant de regret.

ANNA.

Parle pour toi.

LOUISE.

Moi? je suis sûre de le voir chez moi. Sa visite m'a été annoncée par ma mère.

ANNA.

Et tu comptes le recevoir?

LOUISE.

Certainement.

ANNA.

Ah! — Au fait, tu es veuve, toi, tu as des enfants...

LOUISE.

Et je suis beaucoup moins jeune que toi; dis-le, ça ne me fâche pas, bien au contraire; quand on n'a rien à se reprocher à mon âge, on compte ses années avec plaisir.

ANNA.

Coquette de vertu, va!

LOUISE.

Chère enfant, tu connaîtras ce plaisir-là, à la condition pourtant que tu ne mettras pas trop de curiosité dans ta vie.

ANNA.

Encore ? Je n'entends pas.

LOUISE.

Si fait. Tu sais bien que la curiosité est un trouble de l'âme, une maladie ! La vertu, c'est le calme et la santé.

ANNA.

Très-bien ! un sermon ?

LOUISE.

Que veux-tu ? je vieillis !

SCÈNE II

ANNA, LOUISE, Un Domestique.

LE DOMESTIQUE.

M. le marquis de Valroger fait demander si madame veut le recevoir.

ANNA.

Toujours ? vous n'avez donc pas dit que j'étais sortie ?

LE DOMESTIQUE.

Je l'ai dit ; mais il a vu madame à la fenêtre, et, pensant qu'elle était rentrée...

ANNA.

L'impertinent ! Dites que je ne reçois pas.

LOUISE, au domestique.

Attendez... (Bas à Anna.) Reçois-le !

ANNA, bas.

Ah ! tu vois ! c'est toi qui le veux ! (Au domestique. Faites entrer. (Le domestique sort.)

LOUISE.

Oui, je veux que tu voies cet homme dangereux, et que tu reconnaisses avec moi qu'il n'y a pas de tels hommes pour une honnête femme.

ANNA.

Mais mon mari... Il est vrai qu'il ne m'a pas défendu de le recevoir !

LOUISE.

Ton mari t'estime trop pour s'inquiéter de rien ; d'ailleurs je suis là.

14

LE DOMESTIQUE, annonçant.

M. le marquis de Valroger.

SCÈNE III

LOUISE, ANNA, VALROGER.

VALROGER, allant à Anna.

Si j'ai eu l'audace d'insister, madame...

LOUISE.

C'est que vous m'avez vue à cette fenêtre? (Bas à Anna étonnée.) Laisse-moi faire !

VALROGER, désignant Anna.

C'est madame que j'ai vue.

LOUISE.

Madame est mon amie, madame de Trémont, et vous êtes ici chez moi ; c'est moi seule qui dois vous demander pardon de vous avoir fait attendre.

VALROGER, railleur.

Vous êtes bien bonne de vous excuser, madame, je ne savais pas avoir attendu.

LOUISE.

C'est que... on vous avait dit que j'étais sortie. Je ne l'étais pas.

VALROGER.

Vous êtes adorable de franchise, madame ! Je dois donc me dire que votre premier mouvement avait été de me mettre à la porte ?

LOUISE.

Absolument.

VALROGER.

C'est-à-dire une fois pour toutes ?

LOUISE.

J'en conviens, puisque je me suis ravisée.

VALROGER.

J'en suis bien heureux; mais à qui dois-je ?...

LOUISE.

Vous le devez à madame, qui m'a dit de vous le plus grand bien.

ANNA.

Ah ! par exemple !... (Louise lui fait signe de se taire.)

VALROGER, à Anna.

Je dois donc vous remercier encore plus que
votre amie...

ANNA, sèchement.

Ne me remerciez pas. Je ne mérite pas tant
d'honneur !

VALROGER, railleur.

Oh ! madame, vous me dites cela d'un ton...
Me voilà éperdu entre la crainte et l'espérance !

ANNA, avec hauteur.

L'espérance de quoi ?

LOUISE.

L'espérance de nous plaire . (Tendant la main à
Valroger.) Eh bien ! monsieur, c'est fait ; vous nous
plaisez beaucoup.

VALROGER, lui baisant la main.

Vraiment ! (A part.) La drôle de femme !

LOUISE.

Comment voulez-vous qu'il en soit autrement?
Je ne savais pas moi, que vous étiez le meilleur
des hommes, et que tous nos pauvres avaient été

comblés par vous. C'est mon amie qui vient de me
l'apprendre.

VALROGER, à Anna stupéfaite.

Comment! vous saviez... Vraiment me voilà ré-
habilité à bon marché ! Est-ce qu'il y a le moindre
mérite ?

LOUISE.

Oui, il y a toujours du mérite à savoir secourir
avec intelligence et délicatesse. Ce n'est peut-être
pas bien méritoire pour nous autres femmes, nous
n'avons à faire que ça ; mais un homme du monde
que ses plaisirs n'emportent pas dans un tourbillon
d'égoïsme et d'oubli !... Allons, je vois que je vous
embarrasse avec mes louanges.... c'est fini. Je
vous devais cette explication, et nous n'en parle-
rons plus.

VALROGER.

Eh bien, non, madame ! puisque vous le prenez
ainsi, je veux tout savoir. Avant que madame de
Trémont prît la peine de vous apprendre que j'étais
un ange, vous pensiez que j'étais un démon,

14.

puisque vous me repoussiez sans merci de votre sanctuaire ?

LOUISE.

Vous saurez tout, car vous êtes de trop bonne compagnie pour me demander d'où je tenais ces renseignements; on m'avait dit que vous étiez méchant.

VALROGER.

Méchant ! Voilà un mot terrible. Voulez-vous me l'expliquer, madame ?

LOUISE.

Je ne puis vous l'expliquer que comme je l'entends. Un méchant, c'est un cœur haineux, et on vous accusait de haïr les femmes.

VALROGER.

Comment peut-on haïr les femmes ?

LOUISE.

C'est les haïr que de les rechercher pour le seul plaisir de les compromettre. Les compromettre, c'est leur faire perdre l'estime et la confiance qu'elles méritaient, c'est leur faire le plus grand tort et le plus grand mal : voilà ce que c'est qu'un méchant.

VALROGER.

Très-bien. Et une méchante, qu'est-ce que c'est?

LOUISE.

C'est la même chose. C'est une coquette au cœur froid.

VALROGER.

Voilà une bizarre aventure, madame de Louville! On m'avait dit à moi que vous étiez une méchante dans le sens que vous donnez à ce mot!

ANNA, s'échappant.

Moi?

VALROGER, s'apercevant de la mystification.

Vous? (A part.) Bien! ces dames s'amusent à mes dépens! (Haut à Anna.) Oh! vous, madame de Trémont, vous passez à bon droit, j'en suis certain, pour une femme sincère et indulgente; mais elle, votre amie, madame de Louville, qui vient de si bien définir la méchanceté, elle est réputée méchante comme Satan!

ANNA.

Eh bien ! voilà une belle réputation ! mais c'est indigne !... Je... (A Louise.) Tu ne te fâches pas ?

LOUISE.

Me fâcher de cela serait avouer que je le mérite.

ANNA.

Mais monsieur l'a cru, il le croit sans doute encore ?

LOUISE.

Dame ! qui sait ? c'est à lui de répondre.

VALROGER.

Eh ! eh !

ANNA, en colère.

Comment ? vous dites *eh ! eh !*

VALROGER.

Oh ! oh !

ANNA.

Ce ne sont pas là des réponses !

VALROGER.

Que voulez-vous ? Certes, madame a le ciel écrit en toutes lettres sur la figure, et l'accueil qu'elle vient de me faire tournerait la tête à un novice ; mais le plus souvent ces êtres angéliques sont les plus dangereux et les plus perfides. Ils s'arrangent pour vous mettre à leurs pieds, et quand vous y êtes, ils jettent leur soulier rose et vous font voir la double griffe.

ANNA.

Alors, puisque vous ne croyez à la franchise d'aucune de nous, et que vous étiez si mal disposé contre... madame en particulier, pourquoi donc venez-vous chez-elle ? Personne ne vous y avait appelé ni attiré, que je sache.

VALROGER.

Pardonnez-moi, j'étais impérieusement sommé de comparaître pour répondre à une provocation.

ANNA.

Ah ! je ne savais pas !

VALROGER.

Non, vous ne saviez pas ; mais peut-être que madame de Louville le sait !

LOUISE.

Je m'en doute. J'ai, sans vous connaître, et sur la foi d'autrui, dit beaucoup de mal de vous. Je me suis irritée de vos faciles victoires sur les femmes légères. Je vous ai haï comme on hait celui qui vous confond avec les autres, et, tout en disant que je ne vous verrais de ma vie, j'ai eu envie de vous voir pour vous braver en face. C'est à cette provocation que vous avez répondu en venant ici.

VALROGER.

Au moins voici de la franchise.

LOUISE.

J'en ai beaucoup, c'est ma manière d'être coquette ; c'est celle des grands diplomates.

ANNA.

Je hais, je méprise la coquetterie, moi !

LOUISE.

Et moi, j'avoue que nous en avons toutes! Il vaut bien mieux confesser nos travers que de nous les entendre reprocher à tout propos. Oui, j'avoue que, de vingt-cinq à trente ans surtout, nous sommes toutes un peu perverses, parce que

nous sommes toutes un peu folles. Nous sommes
enivrées de l'orgueil de la beauté quand nous
sommes belles, et de celui de la vertu quand nous
sommes vertueuses; mais quand nous sommes
l'un et l'autre, oh! alors il n'y a plus de bornes à
notre vanité, et l'homme qui ose douter de notre
force devient un ennemi mortel. Il faut le vaincre,
à tout risque, et pour le vaincre il faut le rendre
amoureux; quel prix aurait son culte, s'il ne souffrait pas un peu pour nous? Ne faut-il pas qu'il
expie son impiété? Alors on s'embarque avec lui
dans cette coquille de noix qu'on appelle la lutte,
sur ce torrent dangereux qu'on appelle l'amour;
on s'y joue du péril et on s'y tient ferme jusqu'à
ce qu'un écueil imprévu, le moindre de tous,
peut-être un léger dépit, une jalousie puérile, vous
brise avec votre aimable compagnon de voyage.
Et voilà le résultat très-ordinaire et très-connu de
ces sortes de défis réciproques. On commence par
se haïr, puis on s'adore, après quoi on se méprise
l'un et l'autre quand on ne se méprise pas soi-
même. Il eût été si facile pourtant de se rencontrer

naturellement, de se saluer avec politesse et de passer son chemin sans garder rancune d'un mot léger ou d'une bravade irréfléchie!

ANNA.

Ma chère, tu parles d'or; mais moi, bonne femme, paisible et connue pour telle, je ne vois pas le but de cette confession, et je trouve qu'elle dépasse mon expérience. Je te laisserai donc implorer de monsieur l'absolution de tes fautes, et je me retire...

LOUISE.

Sans l'inviter chez toi ?

ANNA.

Sans l'inviter. Je n'ai rien à me faire pardonner, puisqu'il est convaincu que je le tiens pour un ange!

VALROGER.

Me sera-t-il permis d'aller au moins vous présenter mes actions de grâces ?

ANNA.

Oui, monsieur, au château de Trémont, (Bas à Louise.) où je ne remettrai jamais les pieds ! (Elle sort.)

SCÈNE IV

LOUISE, VALROGER.

LOUISE.

Savez-vous bien que me voilà brouillée avec madame de Trémont?

VALROGER.

Je vois, madame de Trémont, que vous voilà en délicatesse à propos de moi avec madame de Louville.

LOUISE.

Ah! vous avez deviné ce que j'allais vous révéler?

VALROGER.

Oui, madame; j'ai vu qu'en bonne amie vous avez voulu couper le mal dans sa racine.

LOUISE.

Le mal?

VALROGER.

Oui; je venais ici, vous l'avez fort bien compris, pour me venger, n'importe comment, du mépris, de l'aversion que madame de Louville affecte pour

15

ma personne. A présent il n'y aura pas moyen ; vous lui avez trop clairement montré le danger. Et puis vous m'avez rendu ridicule en sa présence, car je n'ai pas vu tout de suite le piége que vous me tendiez. Je dois donc renoncer à ma vengeance ; mais ne triomphez pas trop, j'y tenais médiocrement.

LOUISE.

Alors il me reste à vous remercier du pardon que vous accordez aux femmes vertueuses dans la personne de ma jeune amie, et à prendre acte de votre promesse.

VALROGER.

Quelle promesse ?

LOUISE.

Celle de laisser tranquille à tout jamais cette petite femme qui aime son mari, un mari excellent, un honnête homme que vous connaissez...

VALROGER.

Il n'est pas mon ami.

LOUISE.

Il le sera bientôt, puisque vous voilà établi dans

notre voisinage. Vous chasserez ensemble, vous vous rencontrerez partout, vous l'estimerez, vous verrez que son ménage est heureux et honorable ; mais il n'est si bon ménage où le plus léger propos ne puisse jeter le trouble. Vous êtes un homme dangereux, en ce sens que vous ne pouvez plus faire un pas sans qu'on vous attribue un projet ou une aventure ; mais vous êtes un galant homme quand même, et vous me jurez de renoncer...

VALROGER.

Permettez ! Avant de m'engager, je voudrais comprendre...

LOUISE.

Quoi ?

VALROGER.

Je voudrais comprendre comment, pourquoi, vous, la femme proclamée vertueuse et pure par excellence, vous semblez faire bon marché de la vertu des autres femmes, au point de demander grâce pour elles ?

LOUISE.

Oh! je vais plus loin que cela. Je fais bon marché de ma propre vertu dans le passé. Je ne sais nullement si, poursuivie et tourmentée par un séducteur habile, j'eusse gardé dans ma jeunesse le calme dont je jouis maintenant.

VALROGER.

Dans votre jeunesse?

LOUISE.

Oui, et comme j'ai été très-heureuse en ménage et très-respectée de tout ce qui m'entourait, je suis très-indulgente pour celles qui se trompent dans les chemins embrouillés.

VALROGER.

Savez-vous bien, madame, que me voilà tenté de vous prendre pour la véritable coquette que je comptais trouver ici?

LOUISE.

Ah oui-da!

VALROGER.

Madame de Louville est une enfant. Beauté, jeunesse, orgueil et témérité, cela est bien connu, bien peu redoutable et bien peu excitant; mais une femme vraiment forte, habilement humble, généreuse envers les autres, soi-disant vieille, et plus belle que les plus jeunes, tenez, vous aurez beau dire, vous savez bien que tout cela est d'un prix inestimable, et qu'il y aurait une gloire immense...

LOUISE.

A l'immoler ?

VALROGER.

Non, mais à le conquérir.

LOUISE.

Conquérir ! Comment donc ? le mot est charmant ! Est-ce une déclaration que vous me faites ?

VALROGER.

Si vous voulez.

LOUISE.

Et si je ne veux pas ?

VALROGER.

Il est trop tard. Vous l'avez provoquée, et vous n'avez point paré à temps.

LOUISE.

Au fait, c'est vrai. Eh bien ! monsieur, vous êtes très-aimable, et je vous remercie.

VALROGER.

Cela veut dire que vous prenez mes paroles pour un hommage banal?

LOUISE.

Je n'ai garde; j'en suis trop flattée pour cela.

VALROGER.

Ah çà mais, vous êtes atrocement railleuse ! Je commence à vous croire coquette tout de bon.

LOUISE.

C'est dans mon rôle.

VALROGER.

Le rôle d'ange gardien de madame de Louville?

LOUISE.

C'est cela! Si je ne m'empare pas de votre cœur aujourd'hui, mon proverbe est manqué.

VALROGER.

Eh bien! il est manqué ; je vous déteste !

LOUISE.

Oh ! que non.

VALROGER.

Vous croyez le contraire ?

LOUISE.

Pas du tout. Je vous suis parfaitement indifférente.

VALROGER.

Et sur ce terrain-là vous me payez largement de retour !

LOUISE.

Ah ! mais non.

VALROGER.

J'entends ! vous me détestez aussi, vous.

LOUISE.

C'est tout le contraire. Regardez-moi en face.

VALROGER.

Bien volontiers.

LOUISE.

Eh bien ?

VALROGER.

Eh bien ?

LOUISE.

Trouvez-vous que j'ai l'air de me moquer de vous ?

VALROGER.

Parfaitement.

LOUISE.

Oh ! l'homme habile ! Eh bien ! on vous a surfait, vous êtes un bon jeune homme, vous n'avez jamais rien lu dans les yeux d'une femme.

VALROGER.

D'une femme comme vous, c'est possible.

LOUISE.

Quelle femme suis-je donc ?

VALROGER.

Un sphinx ! Je n'ai jamais vu tant d'aplomb dans le dédain.

LOUISE.

Et moi, je n'ai jamais vu tant d'obstination dans la méfiance. Voyons, par quoi faut-il vous jurer que je vous aime ?

VALROGER, riant.

Vous m'aimez, vous !

LOUISE.

De tout mon cœur !

VALROGER, à part.

C'est une folle ! (Haut.) Jurez-le sur l'honneur, si vous voulez que je vous croie.

LOUISE.

L'honneur d'une femme ? Vous n'y croyez pas. Dans les mélodrames, on jure par son salut éternel ; mais vous n'y croyez pas davantage.

VALROGER.

Par votre amitié pour madame de Louville !

LOUISE.

Encore mieux : par l'innocence de ma fille !

VALROGER.

Quel âge a-t-elle ?

LOUISE.

Six ans.

VALROGER.

J'y crois. Donc vous m'aimez, comme ça, tout doucement, de tout votre cœur, comme le premier venu ?

15.

LOUISE.

Je n'aime pas le premier venu. Écoutez-moi, vous allez comprendre que je ne ris pas, et que mon affection pour vous est très-sérieuse.

VALROGER.

Ah ! voyons cela, je vous en prie !

LOUISE.

Vous souvenez-vous d'un jeune garçon qui s'appelait Ferval ?

VALROGER.

Non, pas du tout !

LOUISE.

Augustin de Ferval.

VALROGER.

C'est très-vague...

LOUISE.

Alors, puisqu'il-faut mettre les points sur les i, vous vous souviendrez peut-être d'une certaine demoiselle qui s'appelait Aline, et qui n'était pas du tout reine de Golconde ?

VALROGER.

Eh bien ! madame ?

LOUISE.

Eh bien! monsieur, cette jolie personne, que vous protégiez, fut prise au sérieux par un jeune provincial, mauvaise tête...

VALROGER.

J'y suis, je me souviens! Il y a de cela cinq ou six ans. Vous le connaissez, ce petit Ferval?

LOUISE.

C'était mon frère, un enfant qui eut la folie de vous provoquer et dont vous n'avez pas voulu tirer vengeance, car, après lui avoir laissé la satisfaction de vous envoyer une balle, vous avez riposté sur lui avec une arme chargée à poudre. Il ne l'a jamais su; mais des amis à vous l'ont dit en secret à sa mère, qui l'a répété à sa sœur. Vous voyez bien que cette sœur ne peut pas rire quand elle prétend qu'elle vous aime!

VALROGER.

Alors on a bien raison de prétendre qu'un bienfait n'est jamais perdu, car votre amitié doit être une douce chose; pourtant...

LOUISE.

Pourtant ?..

VALROGER.

Vous avez tort de l'offrir pour si peu, madame !
C'est un excitant dangereux.

LOUISE.

Dangereux pour qui ?

VALROGER.

Pour moi.

LOUISE.

Pourquoi me répondez-vous comme cela,
voyons ? A quoi bon poursuivre l'escarmouche de
convention et garder le ton plaisant, quand je vous
dis tout bonnnement les choses comme elles
sont ?

VALROGER.

C'est que vous oubliez vos propres paroles : je
suis un méchant, et j'ai le cœur froid comme
glace.

LOUISE.

Je n'ai jamais cru cela.

VALROGER.

Eh bien ! vous avez eu tort ; il fallait le croire.

LOUISE.

Pourquoi mentez-vous ? Je ne comprends plus.

VALROGER.

Je ne mens pas. Je suis amoureux de vous.

LOUISE.

Si c'était vrai, cela ne prouverait pas que vous
eussiez le cœur froid.

VALROGER.

Attendez ! je suis amoureux de vous à ma manière, sans vous aimer.

LOUISE.

Je comprends ; ma confiance vous -humilie,
ma loyauté vous blesse. Vous vous vengez
en me disant une chose que vous jugez offen-
sante.

VALROGER.

Oui, madame, j'ai l'intention de vous offenser.

LOUISE.

Pourquoi ?

VALROGER.

Pour que vous me détestiez.

LOUISE.

Parce que l'amitié d'une honnête femme vous
fait l'effet d'un outrage ?

VALROGER.

C'est comme ça. Je ne veux pas de la vôtre.

LOUISE.

Vous êtes brutalement sincère !

VALROGER.

Oui. Je suis un séducteur percé à jour, comme
vous êtes une coquette classique.

LOUISE.

Alors me voilà déjouée et rembarrée ! Je suis
coquette tout de bon, et j'ai voulu me frotter à un
vindicatif plus malin que moi, qui me remet à ma
place et compte faire de moi un exemple. Est-ce
cela ?

VALROGER.

Précisément.

LOUISE.

Comment vais-je sortir de là ?

VALROGER.

Vous n'en sortirez pas.

LOUISE, élevant la voix avec intention.

C'est-à-dire que vous allez faire pour moi ce que vous comptiez faire pour madame de Louville ?

VALROGER.

Oui, madame.

LOUISE.

Vous viendrez me voir ?

VALROGER.

Tous les jours.

LOUISE.

Et si la porte vous est fermée ?..

VALROGER.

Je resterai sous la fenêtre. Je coucherai dans le jardin, sous un arbre.

LOUISE.

Je suis sauvée ! vous vous enrhumerez !

VALROGER.

Je tousserai à vous empêcher de dormir. Vous m'enverrez de la tisane !

LOUISE.

Vous refuserez de la boire ?

VALROGER.

Au contraire. Je la boirai.

LOUISE.

Et alors ?

VALROGER.

Alors vous aurez pitié de moi, vous me recevrez.

LOUISE.

Et puis après ?

VALROGER.

Je reviendrai.

LOUISE.

Je me laisserai compromettre ?

VALROGER.

Non ! vous fuirez, mais je vous suivrai partout.
Partout vous me trouverez pour ouvrir la voiture
et vous offrir la main.

LOUISE.

C'est bien connu, tout ça.

VALROGER.

Tout est connu. Je n'ai rien découvert de neuf,
il n'y a rien de mieux que les choses qui réussis-
sent toujours.

LOUISE.

Alors c'est cela, c'est bien cela qui s'appelle compromettre une femme ?

VALROGER.

Pas du tout ! Compromettre une femme, c'est se servir des apparences qu'on a fait naître pour la calomnier ou la laisser calomnier. Je ne calomnie pas, moi. Je suis homme du monde et gentil-homme. Je dirai à toute la terre que je fais des folies pour vous en pure perte, ce qui sera vrai jusqu'au jour où vous en ferez pour moi.

LOUISE.

Et pourquoi en ferai-je ?

VALROGER.

Parce que la folie est contagieuse.

LOUISE.

Et je deviendrai folle, moi ?

VALROGER.

Ne vous fiez pas au passé.

LOUISE.

Vous savez bien que je n'en tire pas vanité. Pourtant ce qui est passé est acquis.

VALROGER.

Non ! vous l'avez dit vous-même, votre vertu a
été aidée par l'absence de péril. Pourtant vous avez
dû allumer des passions ; mais il y a à peine un
homme sur mille qui soit doué d'assez de persévé-
rance pour consacrer des mois et des années à la
conquête d'une femme... Or je sais, je vois que
vous n'avez pas rencontré cet homme-là.

LOUISE.

Et vous vous piquez de l'être ?

VALROGER.

Je le suis.

LOUISE.

Ça vous amuse ?

VALROGER.

C'est mon unique amusement.

LOUISE.

Vous êtes né hostile et vindicatif, comme on naît
poëte ou rôtisseur ?

VALROGER.

Le bonheur de l'homme est de développer ses
instincts particuliers.

LOUISE.

Même les mauvais ?

VALROGER.

Enfin vous reconnaissez que je suis mauvais ?

LOUISE.

C'est à quoi vous teniez ? Vous vouliez fire peur ;
sans cela vous croyez votre effet manqué, et la
confiance vous humilie. C'est une manie que vous
avez, je le vois bien ; avec moi, elle ne sera pas sa-
tisfaite. Je vous crois bon.

VALROGER.

Vous éludez la question. Si je suis tel que je
m'annonce, vous devez me haïr.

LOUISE.

Et vous voulez être haï ?

VALROGER.

Oui ; pour commencer, cela m'est absolument
nécessaire.

LOUISE.

Eh bien ! comme, en ne vous accordant pas le
commencement, je serai, espérons-le, préservée de

la fin, je déclare que, méchant ou non, je ne puis haïr le bienfaiteur de mes pauvres et le sauveur de mon frère.

VALROGER.

Vaine invocation au passé! Vous me haïrez quand même!

LOUISE.

Comment vous y prendrez-vous?

VALROGER.

D'abord je vais faire la cour à madame de Louville.

LOUISE, regardant vers une portière en tapisserie.

A quoi bon, si je n'en suis pas jalouse?

VALROGER.

Vous m'avez demandé grâce pour elle. Il faut que je sois inexorable pour vous prouver que je ne vaux rien.

LOUISE, lui montrant la portière, dont les plis sont agités.

Vous pouvez lui faire la cour; à présent qu'elle

a tout entendu, elle saura se défendre. Vos plans sont livrés, et peut-être... (Elle va à la fenêtre.) Cette voiture qui roule... Oui, c'est un renfort qui lui arrive.

VALROGER.

Son mari ?

LOUISE.

Précisément.

VALROGER.

Si madame de Louville est hors de cause, on se passera de ce moyen-là.

LOUISE.

C'est tout ce que je voulais. Merci, mon cher monsieur ; elle est sauvée, et moi, je ne vous crains pas.

VALROGER.

Merci, ma chère madame, voilà que vous acceptez le défi !

LOUISE.

Le défi de quoi? Vous voulez que je vous craigne pour arriver à vous aimer ? C'est un prologue inu-

tile, puisque nous voici d'emblée au dénoûment.
Ce que vous voulez, ce n'est pas l'amour, vous en
êtes rassasié, vous n'y tenez pas, et c'est ma vertu, c'est-à-dire ma tranquillité seule, que vous
voudriez ébranler. Eh bien ! sachez que, dans les
âmes fermées aux malsaines agitations de la passion
folle, il y a des émotions plus douces et plus pures
qu'on peut être fier d'avoir fait naître et de conserver toujours jeunes. Il n'est pas humiliant d'être
maternellement aimé par une femme mûre, et il
ne serait pas du tout glorieux de lui tourner ridi-
culement la tête.

VALROGER.

Une femme mûre !...

LOUISE.

J'ai trente-six ans, mon bon monsieur !

VALROGER.

Ce n'est pas vrai, votre fille n'en a que six !

LOUISE.

Mais mon fils en a quinze !

VALROGER.

Allons donc !

LOUISE.

Je n'ai pas son extrait de naissance dans ma
poche, sans cela... Mais vous voilà calmé et un peu
honteux, convenez-en, de vous être trompé, vous
si clairvoyant, sur l'âge d'une femme. Vous verrez
mon fils, cela vous guérira tout à fait, car vous
viendrez chez moi, tous les jours si vous voulez,
et sans être condamné à coucher préalablement
sous un arbre. Vous vous enrhumerez pour d'autres,
il y aura toujours de la tisane chez moi. Vous me
trouverez toujours entourée d'êtres qui ne me
quittent jamais, mon fils, ma fille et mon neveu, le
fils de cet Augustin de Ferval à qui vous avez sauvé
la vie en dépit de lui-même ; plus ma mère qui
vous bénit et prie pour vous tous les jours, plus
ma belle-sœur, la femme du même Augustin, qui
est dans le secret, et qui vous regarde comme un
saint, tout perverti que vous passez pour être.
Voyez s'il y aura moyen d'entrer chez nous comme
un loup dans une bergerie ! Tout ce cher monde

s'est réjoui en vous sachant fixé près de nous.
Notre pauvre Augustin n'est plus, il est mort l'an
dernier, et c'est son deuil que je porte ; mais nous
vous devons de l'avoir conservé six ans, de l'avoir
vu heureux, marié et père. Sa femme et son enfant
sont des trésors qu'il nous a laissés. Toute cette
famille reconnaissante, grands et petits, vous sau-
tera au cou et aux jambes, et, quand vous aurez
été bien et dûment embrassé sur les deux joues
comme un ami qu'on attendait depuis longtemps
et à qui l'on ne sait comment faire fête, vous senti-
rez que vous êtes un homme de chair et d'os comme
les autres, — non le spectre de don Juan, le héros
d'un autre siècle et d'un autre pays. Vous laisserez
fondre la glace artificielle amassée autour de ce
cœur-là, qui est vivant et humain, puisqu'il est généreux et compatissant. Votre génie du mal rira de
lui-même et vous laissera consentir à aimer les
honnêtes gens, à les protéger même, ce qui est
bien plus facile que de leur tendre des piéges, et
bien moins triste que de se battre les flancs pour
les méconnaître. Vous garderez votre science, vos

ruses pour celles qui les provoquent et qui ont de
quoi mettre à ce jeu-là. On vous pardonnera d'avoir
ce goût bizarre, vous, honnête homme, de perdre
votre temps à contempler, à étudier, à mesurer la
faiblesse de notre sexe, tout en excitant sa perversité. Tenez! on vous pardonnera tout, même d'être
incorrigible. On pensera que ce métier de punisseur
des torts féminins est une tâche navrante, et que
vous devez être un homme malheureux. On s'ef-
forcera de vous soigner comme un malade, ou de
vous distraire comme un convalescent; si par moments vous êtes tenté de faire la guerre à vos amis,
ils se diront : c'est une épreuve ; il veut savoir si
nous méritons l'estime qu'il nous accorde. Alors
on se tiendra de son mieux pour vous montrer
qu'on y attache le plus grand prix. Et, si on ne
réussit pas à mettre dans votre existence une affection pure et bienfaisante, on en aura beaucoup de
chagrin, je vous en avertis, parce que l'amitié, qui
n'est pas une chose convulsive, n'est pas non plus
une chose froide. Donc vous aurez, sans vous donner aucune peine pour cela, un triomphe assuré

chez nous, celui d'avoir touché, ému, réjoui ou
attristé des âmes qui ne sont pas banales, et qui ne
se donnent pas à tout le monde.

VALROGER.

Tenez, madame de Trémont, je vous aime tant,
tolle que vous êtes, que je me regarderais comme
un sot et comme un lâche si j'avais prémédité d'en-
tamer cette noble et touchante sérénité. Vous avez
fort bien compris que je valais mieux que cela, que
d'ailleurs je n'eusse jamais osé menacer sérieusement une personne telle que vous ; mais je cesse
de rire, et vous rends les armes. On me l'avait bien
dit : vous êtes la plus sincère, la plus tendre et la
plus forte des femmes, et il y a longtemps que je
sais une chose, c'est que la bonté est l'arme la plus
solide de votre sexe. Toute vertu sans modestie est
provocation, comme toute résistance sans conviction est grimace. Je suis heureux et fier de vous
répéter que je vous comprends, que je vous res-
pecte... Et, puisque vous m'acceptez pour frère,
voulez-vous consacrer ce lien qui m'honore ?

LOUISE.

Comment?

VALROGER.

Vous avez parlé tout à l'heure de m'embrasser sur les deux joues...

LOUISE.

C'était une métaphore !

VALROGER.

Pourquoi ne serait-ce pas la formule qui scelle un pacte d'honneur ?

LOUISE.

N'avez-vous pas encore une autre raison à donner ?

VALROGER.

Une autre raison ?

LOUISE.

Vous ne voulez pas la dire ! Non ! ce n'en est pas une pour vous. Vous avez trop de générosité pour exiger une réparation ; mais voulez-vous savoir une chose? C'est qu'au moment où vous êtes entré

ici, si j'avais écouté mon premier mouvement, je
vous aurais sauté au cou ; ne prétendez pas que
c'eût été une reconnaissance exagérée. Je sais tout,
monsieur de Valroger, je sais qu'une de ces joues-
là a été frappée par le gant de mon pauvre étourdi
de frère, et, comme je ne sais pas laquelle...

VALROGER.

Toutes deux, madame, toutes deux !

LOUISE.

Je ne dis pas le contraire ; mais toute réparation demande des témoins, et justement en voici
qui nous arrivent. (Elle l'embrasse sur les deux joues devant
M. de Louville et sa femme qui viennent d'entrer. Anna pousse un grand
cri de surprise, M. de Louville éclate de rire. Valroger met un genou
en terre et baise la main de Louise.)

VALROGER.

Merci, madame, merci !

M. DE LOUVILLE, riant.

Bravo, mon cher ! voilà qui s'appelle enlever
d'assaut les citadelles imprenables.

VALROGER.

C'est-à-dire que c'est moi la forteresse, et que je me suis rendu à discrétion ! (Bas, pendant que Louise va en riant auprès d'Anna.) Dites-moi, Louville, est-ce qu'il n'y a pas moyen d'épouser cette femme-là ?

M. DE LOUVILLE.

Allons donc ! Elle a peut-être quarante ans !

VALROGER.

En eût-elle cinquante !

M. DE LOUVILLE.

Ah bah ! mais elle a aimé son mari, elle adore son fils... Non, c'est impossible !

VALROGER.

C'est dommage ; c'eût été pour moi le seul moyen de devenir un homme sérieux !

FIN

TABLE

Coulommiers. — Imp. PAUL BRODARD. — 351-99.

Original en couleur

NF Z 43-120-8

www.ingramcontent.com/pod-product-compliance
Lightning Source LLC
Chambersburg PA
CBHW071804020726
47502CB00004B/997